Sebastian Caspar

ZONE C

Roman

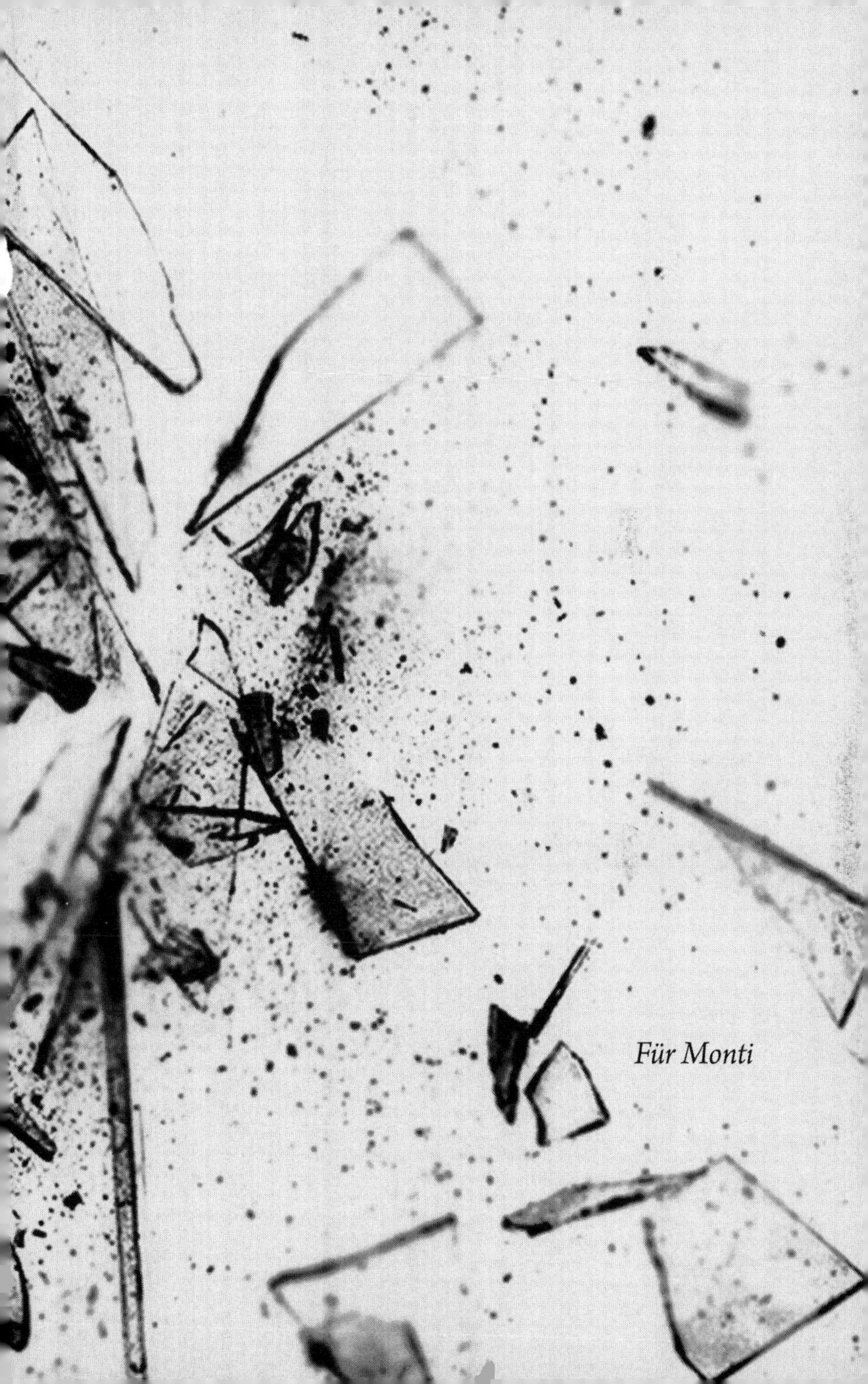

Für Monti

Jeder von uns weiß, wo was geht, und du könntest meinen Opa fragen, wer für den Flow zuständig ist, den Flow, der Kaputte und Junkies auf die Straßen spuckt und uns die Nächte mit einem Affen im Nacken wach hält. Er würde mit hochrotem Kopf und einer pulsierenden Vene auf der Stirn über die Asylanten und das Kopftuch schimpfen. Du würdest – genau wie ich – vor ihm sitzen, deine Augen trotz Sonnenbrille geschlossen halten und dich fragen, ob du deinen Entschluss, auf die Toilette zu gehen, jetzt oder erst zwei Minuten später verkündest.

Draußen, vor den Fenstern des kubanischen Restaurants *Guantanamera,* bewegt der Wind die Blätter der Bäume und dieses leise an- und abschwellende Rauschen, das durch die geöffnete Tür zu mir dringt, jagt mir einen sanften Schauer über den Rücken. Die milde Sonne des Spätnachmittags taucht den Tag in warmes Licht. Mein Großvater hat mich hierher gebeten, um mit mir wieder einmal über meine Mutter und Gott und die Welt zu reden. Er ist in großer Sorge, denn seitdem mein Vater sich vom Acker gemacht hat, geht es meiner Mutter sichtlich beschissener. Mir tut sie ebenfalls ein bisschen leid, jedoch empfinde ich die überschwängliche Fürsorge meines Opas für seine Schwiegertochter, eine erwachsene Frau und Mutter, doch etwas überzogen. Ehrlich gesagt, nervt es auch ein wenig, doch höre ich ihm gerne zu, denn ich mag ihn irgendwie. Während ich erfolglos versuche zu verdrängen, dass mein Job bei der Post seit heute Morgen beendet ist, sieht mein Großvater auf einmal sehr alt und fertig aus. Ein wenig Stoff müsste noch in dem kleinen Briefchen sein, welches ich vorhin aus dem Gemüsefach unseres Kühlschrankes in meine rechte Gesäßtasche befördert habe. Deshalb teile ich meinem Opa mit, dass ich kurz für kleine Römer gehe, und verpasse somit die schon tausendmal gehörten Erlebnisberichte von der Front und den schlimmen Zeiten nach dem Krieg.

Als ich die Tür der Herrentoilette mit einem Schuss zu viel Vorfreude aufschwingen lasse, knallt diese gegen den Eimer einer weiblichen ausländischen Reinigungskraft. Möglicherweise war diese bis zu meinem Erscheinen intensiv damit beschäftigt, die Fliesen blitzeblank zu wischen, doch durch mein rüpelhaftes Benehmen hat sich das gesamte dreckige Wasser jetzt wieder auf dem Boden verteilt. Unter dem Licht der weißen Leuchtstoffröhren hebt sie den Kopf und blickt mir in die Augen. Zugegeben, sie sieht blendend und sehr exotisch aus. Das Wasser breitet sich als eine immer größer werdende schmutzige Lache um uns herum aus, doch das stört mich nicht dabei, angestrengt zu überlegen, was für ein Name zu so einer schönen Frau passen könnte. Ich werde sie Aruna nennen, denn das bedeutet Morgendämmerung und passt zu ihrem indischen Gesicht. Ihr Mund öffnet sich und ihre Lippen formen eine Sprache, die mir fremd ist, aber so anmutig klingt wie ein Gesang aus einer fernen Welt. Die Melodie ihrer Worte erinnert mich an Peperonischoten, an roten Sand und braune Haut. Dabei mustert sie mich mit einem Blick, den ich nicht zu beschreiben vermag. Es entsteht eine in sich ruhende Wärme und ich spüre das Pochen unser beider Herzen in der Brust.

Dieser selige Zustand hält nicht lange an, denn er wird durch meinen Großvater abrupt zerrissen. Dieser tritt von außen so stark gegen die wieder geschlossene Tür der Herrentoilette, dass sie noch heftiger auffliegt als vor einem Moment und laut an die Wand knallt. Aruna zuckt erschrocken zusammen und beginnt sofort, stoisch die schmutzigen Wasserlachen auf dem Boden mit ihrem Wischmob zu bearbeiten. *Zerstörung* steht vor mir in schwarzen Lettern an die Fliesen geschmiert und dann geschieht etwas sehr Ungewöhnliches: Ein Herr, ein Fremder in einem feinen weißen Anzug, betritt die Szene und gibt vor, Gott zu sein. Er hält ein Gemälde in den Händen, auf dem ich meinen eigenen Körper verspeise, und ich weiß nicht, ob das alles wirklich passiert oder ob ein vergessener Traum aus meinem Unterbewusstsein emporsteigt. Gott ist schwarz. Er sieht aus wie Moses, der Äthiopier, Glaubensbote bei den Sarazenen und späterer Bischof. Dieser Gott möchte von mir jetzt wissen, was die Welt im Innersten zusammenhält und mir kommt die Frage sehr bekannt vor. Komischerweise muss ich auf einmal an einen Pudel denken und da mir keine Antwort einfällt, drehe ich mich zu meinem Großvater um, denn er weiß immer Bescheid in solchen Dingen. Doch der Türrahmen ist leer, niemand steht darin oder wartet auf mich, auch Aruna ist verschwunden. Als ich mich wieder Gott zuwende, ist er ebenfalls vom Erdboden verschluckt worden. Ich bin allein, man hat mich urplötzlich verlassen. Verstört gehe ich in eine der Kabinen, verriegele von innen die Tür und ziehe das kleine Briefchen aus meiner Hosentasche. Vorsichtig, fast zärtlich, entfalte ich das Papier und dann sehe ich es endlich vor mir. Kleine, weiße Kristalle, durchsichtig und glatt, liegen dort. Ein Gemisch aus Ephedrin, Abflussreiniger und Batteriesäure. Crystal Meth, bei uns auch C genannt. Der letzte Schrei aus der Tschechei.

Absolut fertig, aber irgendwie auch erfrischt, gehe ich in den Speiseraum des Lokals zurück. Dort verweile ich an dem Tresen der Bar. Das C hat meinen Blutdruck nach oben schnellen lassen. Wellen aus Euphorie, Klarheit und Hitze durchfluten meinen Körper, und ich wische mir mit meinem Hemdsärmel den Schweiß von der Stirn. Von hier aus, wo ich stehe, kann ich durch die großen Fenster, in denen sich die Strahlen der Sonne brechen, Monti auf dem Fahrrad sitzen sehen. Ich muss die Augen zusammenkneifen, so hell ist es, doch ich erkenne, wie er, eine Zigarette rauchend, an einem der Bäume lehnt, die vor dem Restaurant einen kleinen Park bilden. Das Licht des ausklingenden Sommers schimmert durch das Netz ihrer Äste und taucht den Vorplatz in bewegte Schatten und mir ist, als wäre Monti Teil dieser diffusen Szenerie und nicht von dieser Welt.

Mein Großvater hockt am anderen Ende des Raumes stumm vor seinem Glas Bier, und ich weiß, dass er jetzt in Gedanken irgendwo in Oberschlesien eine holprige Landstraße hinunter radelt. Dabei geht es vorbei an goldenen und satten Feldern, seine Lippen sind trocken und seine Beine schmerzen. Doch bald, hinter der nächsten Biegung, wartet Maria auf ihn, das Mädchen mit den schwarzen schweren Haaren, und darum gibt er noch mal richtig Gas. Im Schatten der Bäume werden sie dann Apfelmost trinken und sich wolkenbilderinterpretierend in eine gemeinsame Zukunft träumen. Sie werden einen Sohn zeugen und sich lieben. Doch lang ist all dies her, und ich wende mich ab, denn alles deprimiert mich schon wieder, auch habe ich meine Oma gemocht und vermisse sie sehr. Ja, es wird Zeit nach Hause zu gehen. Vielleicht. Ach, ich weiß es einfach nicht.

Während ich so herumstehe, denke ich an die hochbrisanten Meldungen des letzten Sommers, an die Nachrichten über Mitbürger, die aufgrund der wochenlangen Hitze tot zusammengebrochen oder durchgedreht sind. Ich denke an die Schlagzeilen in den Zeitungen, die von entführten Flugzeugen und zusammenkrachenden Wolkenkratzern berichteten. Ich denke an eine Zeit, die nicht allzu lange zurückliegt, aber schon jetzt unerreichbar ist. Ich erinnere mich an Asic, das Auftauchen Montis und das Treffen mit ihren Eltern, ebenfalls hier im *Guantanamera,* Anfang dieses Jahres. Ich erinnere mich an den eindringlichen Appell ihrer Mutter, mich von ihrer Tochter fernzuhalten, an meine Hilflosigkeit und Asics Entschluss, von hier fortzugehen. An ihren Vater, der während des Gespräches die meiste Zeit so aussah, als würde er mir gleich eine reinhauen, und obwohl ich ihre Mutter zuvor nur einmal gesehen hatte, wusste ich, dass sie aus Angst um ihre Tochter geweint hatte. Alles hat sich verändert. Die letzten Monate waren leer und angefüllt mit der Hoffnung auf einen Anruf oder wenigstens darauf, einen Brief von Asic zu erhalten. Sie hat es mir versprochen, bevor sie verschwand, zum Studieren, in den Westen. Doch ich warte bis jetzt vergeblich auf ein Zeichen von ihr und manchmal tut es so weh, dass das dumpfe Gefühl in meinem Bauch sich dermaßen intensiviert, dass ich mich übergeben muss. Niemand kann mir helfen. Meine Mutter ist ein Wrack, mein Vater verschwunden, Opa am Ende, Kumar mit Lousenne beschäftigt und Monti versteht von all diesen Dingen nicht das Geringste.

Und wenn mich jemand fragen würde, was noch so ging in diesen letzten Monaten, dann wären es nur komische Sachen, an die ich mich erinnern kann. Bilder, die wie ein weißes Stroboskoplicht vor mir aufzucken und wieder verschwinden. Bilder, von denen ich weiß, dass ich sie nie vergessen werde. Ich erinnere mich an national befreite Zonen im Osten und an Tage, an denen ich aus dem Fenster starre und nichts passiert. An das erste C in unserer Stadt, das Stechen in der Nase und einen noch nie zuvor gefühlten Kick. Ich erinnere mich an die Nächte, in denen ich voll drauf bin, wach auf meinen Atem höre und an meinen Körper, der vom C schweißnass ist und zittert. An den Versuch, ein Buch zu lesen, das Gefühl, etwas verloren zu haben, den Moment, als alles begann. Wind, der warmen Regen über Felder treibt.

Mein Großvater fährt mit der Tram nach Hause und ich laufe mit Monti in die Stadt. Er schiebt sein kleines grünes Klapprad neben mir her und sein Blick wandert ständig über den Boden. Er hat die Angewohnheit, fast alles, was auf der Straße liegt, aufzuheben und sich in die Taschen zu stecken. Warum er das tut, kann ich mir nicht erklären, doch solange es nur kaputte Feuerzeuge, Zeitungsfetzen und anderer anorganischer Müll ist, ist es für mich okay. Monti ist mindestens einen Kopf kleiner als ich, hat einen schlurfenden Gang, wasserblaue Augen und zerzauste kurze, blonde Haare. Wir unterhalten uns oft über meinen Opa, momentan ist jedoch das heutige Desaster auf der Post unser Thema, und dann irgendwann auch Asic. Nicht dass ich unglücklich wäre über den Verlust meines Jobs als Paketfahrer. Nein, ich hatte es darauf angelegt, doch dass mir meine Chefin mit der Polizei drohte und dabei vor Wut im Gesicht blau anlief, war schon sehr verstörend. Fünf quälend lange Wochen Pakete und Büchersendungen durch die Kante zu kutschen, über Dörfer und Feldwege, zu Leuten, die niemand kennen möchte, ist der reinste Horror. Mit den ganzen Scheißpaketen im Rücken kam ich mir vor wie ein Getriebener. Wehe, die Fuhre ist nicht bis drei Uhr draußen, „dann ist aber Polen offen“ oder zumindest „pfeifen die Schweine“, so meine Chefin, bevor ich das Unternehmen verließ. Das alles macht einen absolut fertig. Monti sagt jetzt, dass ich nicht traurig sein soll, gefeuert worden zu sein, und dass ihn mein heutiger Besuch im *Guantanamera* nachdenklich gemacht habe, auch, dass er sich irgendwie schuldig fühle. Die Aussprache mit Asics Eltern hafte noch sehr in seinem Gedächtnis und er könne bis heute nicht verstehen, wie man auf C so durchdrehen kann, um dann alles auch noch brühwarm den Eltern zu erzählen. Aber schließlich sei er derjenige, den Asic nie hatte leiden können und mit dem ich die meiste Zeit abhing, als ich noch so richtig mit ihr zusammen war. Im Nachhinein, glaubt er, wäre es das Beste gewesen, wir beide wären noch zusammen und er beizeiten von der Bildfläche verschwunden. Dann würden wir alle uns bestimmt nicht so viel des tschechischen „Way of Life“ in die Nase jagen. Beste Ware zwar, aber irgendwie verändere es einen doch, wohin, weiß er nicht, und auch ich bin überfragt.

Die verfallenen Häuserzüge auf beiden Seiten der Straße formen eine breite Gasse und das Rot des Abendhimmels klebt wie eine Tapete über den Dächern, auf denen alte Fernsehantennen wie knochige Finger in die Höhe ragen. Es ist wenig Verkehr auf den Straßen, eigentlich ist überhaupt kein Auto zu sehen, und als mir das auffällt, fragt mich Monti, ob ich es bereue, ihn kennengelernt zu haben. Überrascht von dieser für ihn untypisch offenen Art, drehe ich meinen Kopf zu ihm und betrachte ihn still, während wir langsam weiterlaufen. Schließlich sage ich zu ihm, dass ich mir darüber noch nie Gedanken gemacht habe, außerdem solle er sich nicht sinnlos den Kopf über Dinge zerbrechen, die er sowieso nicht versteht. Auch, füge ich hinzu, haben wir doch alle irgendwann angefangen, C zu ziehen, und eigentlich sei es auch egal, wer wann und wo damit begonnen hat und wie das zusammenhängt, denn ändern wird sich sowieso nichts. Alles ist eben so, wie es ist. Jetzt ist es ein alter Kinderschuh, der Montis Interesse weckt, und wir bleiben kurz stehen. Monti bückt sich, um ihn aufzuheben, und ich denke noch mal über das eben zwischen uns Gesagte nach. Es stimmt, ich bereue es nicht, Monti kennengelernt zu haben, obwohl seine Gegenwart nicht immer einfach ist, auch wenn es sich oberflächlich oft so anfühlt. Monti ist nicht der Hellste, aber seine dumme Art ist ziemlich erfrischend und manchmal ist mir, als durchdringe er mein physiologisches Dasein, um direkt in mein Herz zu blicken. Dort sieht er dann deutlich meine Zukunft begraben und bestimmt auch den Tag meines Todes gelistet, und nur indem ich mir einrede, dass es ihm an Verstand mangelt, zu verstehen, was in mir vorgeht, beruhige ich mich einigermaßen. Ich möchte von ihm nicht allzu sehr durchschaut werden, denn dazu brauche ich ihn zu sehr. Monti hat recht, Asic hat ihn nie gemocht. Sie hat ihn ignoriert, wie Luft behandelt, und zum Schluss, kurz vor ihrem finalen Zusammenbruch, nur noch mit dem Kopf geschüttelt, wenn ich von ihm erzählte, und auch jetzt, nach langem Überlegen, fällt mir der Moment, in dem ich Monti das erste Mal begegnete, nicht ein. Ich glaube, er war einfach irgendwann da und wurde von allen geduldet. Seit das C kam, peilt er oft durch die Gegend, doch sieht er noch immer so aus, als besuche er die Grundschule. Wenn ich zurückblicke, fällt mir auf, dass Monti nach Asics Fortgehen immer öfter bei mir auftauchte. Jetzt schmeißt er plötzlich sein Fahrrad auf die Straße und beginnt, wie ein Kaputter Salti auf dem Fußweg zu schlagen.

Alles geht den Bach hinunter. Dieses Viertel, dieser Moment, ja sogar mein Leben. Diese Gedanken gehen durch meinen Kopf, nachdem ich Monti in einem der Abbruchhäuser abgeliefert habe und die leicht ansteigende Straße auf dem Weg zu unserem Viertel entlanglaufe. Mein Blick bleibt jetzt an der Fassade eines Ladens auf der gegenüberliegenden Straßenseite kleben. Noch immer kann man dort in blassroten Lettern das Wort *Tempoeck* lesen, doch mit seinen plakatierten Bretterverschlägen lockt dieses Lädchen niemanden mehr in sich hinein. Bis heute erschließt es sich mir auch nicht, was mich vor Jahren bewegte, in diesem Geschäft Zuflucht zu suchen. Mein Vater hatte mich wieder einmal übers Knie gelegt und ich rannte heulend durch die Stadt, bis hierher. Ich erklomm die wenigen Stufen und öffnete die Tür des Ladens, um mich schweißnass und vor Adrenalin zitternd hinter einer Pyramide aus Gemüsekonserven zu verstecken. Von dort aus konnte ich die Kassiererin, welche mein Eintreten nicht bemerkt hatte, ungewollt beobachten. Eine dicke und schwitzende Frau, die hineingepresst in eine Kittelschürze, murmelnd Zahlen in die Kasse tippte und einem kleinen, untersetzten Mann, der schnaufend Kisten an ihr vorbei in die hinteren Räume des Ladens schleppte, böse Blicke zuwarf. Offenbar ging es der schwitzenden Frau nicht schnell genug und als der arme Teufel, mit einem besonders großen und schweren Paket in den Armen, die Frechheit besaß, versehentlich an den Kassenverschlag zu stoßen, steigerte sich ihr Zorn in Sekundenschnelle ins Unermessliche. Sie stieß abrupt einen beängstigenden Schrei aus und versuchte mit einem seltsamerweise dort bereitliegenden Stock, dem Mann einen Schlag auf den Hinterkopf zu geben. Der war jedoch flinker, als man es ihm zugetraut hätte und verschwand geschwind hinter einer Regalzeile. Überall roch es nach Tod und Lebensmitteln, arbeitenden und ungepflegten Körpern. Und ich erinnere mich, wie elementar der Ekel war, den ich in diesem Moment empfand, an die Stunden jenes

Tages, an das Zusammenspiel von Demütigung und Abscheu. An vieles, ohne jede Bedeutung, das man nie wieder vergisst.

Ja, diese Stadt hängt in ihren letzten Atemzügen und ich bin immer noch hier. Mein Weg führt weiter, hinein in den Park, durch den ich gehen muss, wenn ich nach Hause möchte. Und im Zentrum dieser Grünanlage versucht ein zerbröckelndes Karl-Marx-Monument einer verlorenen Generation die letzte Ehre zu erweisen. Grimmig blickt der Kopf in die Dunkelheit, und ich beschließe, mich eine Weile auf die Treppen des Sockels zu setzten, um etwas auszuruhen. Ich befühle mit meinen Fingerspitzen den porösen Stein der Stufen und rauche dann Zigaretten, bis es dunkel wird und ich mich entschließe, wieder aufzustehen. Ich wünsche mir einen Zylinder, aus dem weiße Kaninchen springen könnten, die dann wie toll über die Wiesen spurten würden. Ein schicker Panamahut würde mir ebenfalls sehr gefallen, den könnte ich mir lässig ins Gesicht ziehen und auf dicke Hose machen, doch ich habe keinen Hut und bin wohl auch so schon ziemlich drauf. Sekunden verfliegen mit Erinnerungen an Asics Körper und ihre unvergesslichen Küsse, bis ich auf der großen weiten Straße stehe, die zu den Blocks unserer Siedlung führt. Im Weitergehen registriere ich einen Asiashop, den ich noch nie zuvor gesehen habe. Komischerweise habe ich etwas Hunger und deshalb trete ich ein. Das Schellen einer Glocke über der Tür lässt mich kurz zusammenfahren, und um mich zu beruhigen, zähle ich zwölf Sitzplätze an insgesamt drei Tischen, die mit Plastikgestecken verziert sind. An den weiß gefliesten Wänden hängen Bilder, auf denen knallbunte Vögel über undurchlässige Urwälder segeln; kleine braune Erdenbürger mit Mandelaugen winken darauf dem Besucher lächelnd zu. Die Tür fällt ins Schloss und der kupferne Ton der kleinen Glocke hängt noch lange in der Luft.

Es ist etwas eng in derartigen Etablissements, und somit habe ich ein wenig Mühe, mich an einen der Tische zu zwängen. Ich bestelle lediglich eine Suppe und Cola, rauche, warte auf das Essen, höre Töpfe in der Küche klappern und flirte mit der jungen Vietnamesin am Tresen, die jetzt eine neue Scheibe asiatischen Pop einlegt. Seit mein Vater uns vor einiger Zeit wegen eben solch einer asiatischen Schönheit verlassen hat, ist die Beziehung meiner Mutter zu ihrem Schwiegervater eingefroren. Im Grunde haben sie keinerlei Kontakt mehr und mein Opa versucht mich bei gut geplanten, doch spontan aussehenden Treffen, so wie heute im *Gunatanamera*, auszuquetschen. Obwohl wir alle drei in einer Stadt leben, schreibt er jede Woche einen Brief an sie und ich verschweige ihm, dass sie ungelesen im Papierkorb landen und von ihr als Belastung angesehen werden. Mein Opa steht in diesem Konflikt auf der Seite meiner Mutter, denn dass sein Sohn sich mit einer Asiatin eingelassen hat, geht für ihn, einen Träger des Eisernen Kreuzes zweiter Klasse, überhaupt nicht. In gewisser Hinsicht ist es rührend, wie sehr mein Opa versucht, die Schieflage in unserer Familie zu kitten. Doch es ist hoffnungslos, da meine Mutter nach der Trennung jeden Kontakt zu meinem Vater verweigert. Aus diesem Grund griff er vor einigen Monaten zu seinem letzten Mittel, um sein Mitgefühl und eine Art von Solidarität zu kommunizieren – er schreibt.

Nach einer Weile bekomme ich das Bestellte. Die Suppe dampft und duftet gut, doch selbst hier in diesem angenehmen Ambiente komme ich mir wieder unendlich verloren vor. Ich lege meinen Kopf in den Nacken, schließe die Augen, und dann rieche ich den Duft exotischer Blumen, der sich über Ozeanen entfaltet und lausche auf das Rauschen von Palmen, deren Blätter, vom Wind berührt, eine ewige Melodie anstimmen. Auf einmal werde ich in gebrochenem Deutsch gefragt, ob etwas mit der Suppe nicht stimme, und mir wird schnell wieder bewusst, wo ich mich befinde, und dass ich seit Minuten auf meine geöffneten Handflächen starre. Ich schaue gequält zu der asiatischen Bedienung auf, die, wer weiß wie lange schon, an meinem Tisch steht und an der Decke zupft, und gebe ihr zu erkennen, dass ich zahlen möchte. Sie zuckt missbilligend mit den Schultern und räumt schweigend den Tisch mit der von mir nicht angetasteten Suppe ab, dann sitze ich noch ein paar Minuten rum. Die Rechnung kommt und ich zahle, stehe auf, nehme meine Jacke vom Haken, verabschiede mich in die Küche rufend vom Lokal.

Auf der Straße ist es menschenleer. Es regnet Schleier und ich stülpe die Kapuze der Jacke über den Kopf, stecke die Hände in die Taschen und setze einen Fuß vor den anderen. Eine Weile laufe ich so, rhythmisch und den Blick auf den Boden gerichtet, bis zu einer Tramstation, die aus dem Nichts aufzutauchen scheint. Dort halte ich inne und studiere den Fahrplan, spekuliere, ob ich weitergehen soll, oder ob die Straßenbahn mich nach Hause bringen wird. Ich entscheide mich für die Tram und stelle mich in einigem Abstand unter das Glashäuschen zu einer ebenfalls dort wartenden Frau. Ich suche meine Zigaretten, finde sie nicht und bemerke jetzt den Kinderwagen, welchen die Frau neben mir fest umklammert vor sich hält. Mir ist, als weine sie leise, und dabei werden wir umgeben von dem schmutzigen Boden der Straße. Die Nacht mit ihrem kalten Hauch kriecht allmählich aus den Gullys der Stadt, und auf dem Weg in unser kollektives Chaos, das nur aus einem einzigen trudelnden Sturz zu bestehen scheint, durchnässt weiterhin der Regen meine Gedanken. Ich wende mich zu dieser traurigen Frau und betrachte ihr Kind, eine Unschuld, welche mit blauen Augen hoch in den Kosmos blickt. Ich habe Angst um die Zukunft, denn wir werden zerbrechen. Zerschellen an Sternen, welche, kurz zuvor geboren, uns ihre Schatten auf die Erde warfen.

~

Die Blocks im Zentrum der Trabantensiedlung sind schwarze Monolithen. Davor sitze ich auf einer der Schaukeln, die in der Mitte des Spielplatzes an einem Holzgerüst paarweise aufgereiht sind. Ich rieche bis hierher den Gestank des kleinen Holzhäuschens, welches sich auf vier hölzernen Stelzen vom Boden abhebt und links neben dem vergammelten Sandkasten wurzelt. Schon früher war dies ein beliebter Ort zum Urinieren. Ich schaukele etwas hin und her, doch das Gefühl im Bauch, dieses ganz spezifische Kribbeln, mag sich nicht mehr einstellen. Ich gebe nach einiger Zeit erschöpft auf und schaue hinauf zu unserer Wohnung, doch da ist kein Licht, es scheint niemand daheim zu sein. Ein Hund kläfft irgendwo und vereinzelt zucken die blauen Strahlen der Mattscheiben stroboskopisch aus den Fenstern der Wohnungen.

Als ich mich erhebe, um endlich zu gehen, schiebt sich der Mond weiter den Himmel hinauf und thront unberührt von mir über den Plattenbauten. Er beleuchtet meinen Weg noch bis zum Hauseingang und dann stecke ich den Schlüssel in das Schloss, drehe meine rechte Hand etwas, spüre einen flüchtigen Widerstand, die Tür öffnet sich und ich trete ein. Ohne den Lichtschalter zu betätigen, prüfe ich den Inhalt unseres Briefkastens, doch kein Brief von Asic befindet sich darin, auch sonst herrscht dort gähnende Leere. Enttäuscht steige ich leise und zügig im Dunkeln die Treppen hinauf. Etwas außer Atem komme ich oben im siebten Stock an und streife meine Schuhe von den Füßen. Ich öffne unsere Wohnungstür und begebe mich als Erstes in das Schlafzimmer meiner Mutter, um aus meiner Vermutung, allein zu sein, eine Tatsache zu machen. Ihr Bett ist gemacht, blütenweiß, so als ob nie jemand darin gelegen hätte, dann gehe ich in mein Zimmer. Klamotten liegen verstreut auf dem Boden, die Musikanlage erhellt mit ihren blinkenden, bunten Lichtern den Raum, und das einzige Geräusch, welches ich höre, ist das Summen des Kühlschrankes aus der Küche. Ich schließe die Tür, gehe zurück ins Wohnzimmer und setze mich auf die große Couch. Hier baue ich mir eine Tüte aus meinem letzten Gras, sitze im Dunkeln und blase den Rauch in den Raum, der vor dem Fenster des Wohnzimmers wie ein Nebel nach oben steigt. Heute ist wahrlich kein guter Tag, denke ich, noch immer enttäuscht von der Leere des Briefkastens. Das Gespräch mit meinem Großvater am heutigen Nachmittag hat mich nicht gerade aufgebaut, die bizarre Erscheinung auf dem Klo mich endgültig sehr verwirrt, und die morgendliche Auseinandersetzung auf der Post hat mich ebenfalls ziemlich mitgenommen. Mein Gott, ich erinnere mich an Szenen, in denen ich schreiend und gegen die Frontscheibe boxend über ein Feld auf eine Gewitterfront zurase. Die ganzen Scheißpakete fliegen wie verrückt hinter mir im Laderaum durcheinander. Ich hatte mir wohl vor kurzem im Laderaum eine gute Portion C reingezogen und stand deswegen etwas neben mir. Ja, der Job hatte seine großen Momente, und jetzt bin ich fast ein bisschen traurig, meine Pakete nie wieder sehen zu dürfen. Trotz alledem, es ist der pure Wahnsinn, was diese Penner so bestellen. Die Wohnungen riechen so übel, dass man ihnen erst ins Gesicht kotzen möchte, bevor man ihnen ihr Paket überreicht. In den letzten Tagen habe ich mich, gleich nach dem Beladen des Transporters und einer kleinen Fahrt ins Blaue, der ganzen Scheiße entledigt. Alles einfach in den Fluss geschmissen und es mir dann mit Monti, etwas C und ein paar alten Comicbüchern im Wagen gemütlich gemacht. Leider blieb dies nicht lange unbemerkt und heute früh kam es dann zum Showdown. Was soll ich sagen? Ich arbeite jetzt nicht mehr bei der Post. Und irgendwie habe ich auch echt keinen Bock. Beim Nachsinnen über eine berufliche Zukunft, die ja angeblich sogar Spaß machen kann, herrscht gähnende Leere in meinem Kopf. Es wird Zeit, sich nach einer gediegenen Zivildienststelle umzuschauen. Mein Großvater hat noch immer gute Kontakte zur Stadtverwaltung. Ach, warum bin ich nicht irgendwo im Dreck geboren? Wäre das ein Segen. Am Tag zwanzig Kilometer zu einer Wasserstelle laufen zu müssen, bringt einen bestimmt auf andere Gedanken. Ich komme mir immer öfter so überflüssig vor und das ist nicht einmal negativ gemeint. Ich leide auch nicht unter dieser Vorstellung. Ich glaube einfach, es wäre besser, es gäbe mich nicht.

Meist bin ich allein zu Hause. Meine Mutter hat nach langer Arbeitslosigkeit endlich einen Job in der Fleischfabrik gefunden. Sie ist als Betriebskrankenschwester im Schichtdienst tätig. Was sie dort macht und ob sie glücklich ist, entzieht sich meiner Kenntnis, auch ist es mir egal. Sie ist kaum in unserer Wohnung, scheint sehr beschäftigt zu sein, und deshalb bekomme ich sie selten zu Gesicht. Und wenn in den Nächten unser Telefon klingelt, gehe ich nicht ran, ist aber ausnahmsweise meine Mutter zugegen, dann nimmt sie ab, spricht leise in den Hörer und wimmert manchmal richtig dabei. Ich vermute, sie spricht dann mit meinem Vater, und obwohl ich mich nach ihm sehne, vermisse ich ihn nicht. Es gibt Dinge, die ich auch bei großer Anstrengung nicht verstehe, und die Hilflosigkeit meiner Mutter macht mich traurig, gleichzeitig ekelt sie mich an. Ich fühle mich, ehrlich gesagt, schon ein bisschen scheiße in dieser Konstellation, und wenn sie zu später Stunde telefoniert, stehe ich auf und öffne meine Tür einen Spalt weit, um quer durch den Flur zu ihr ins Wohnzimmer zu blicken. Wenn das Licht von dort über den Flur mein Gesicht bescheint, dann ist mir, als bohren sich in meine Augenhöhlen zwei Strudel schwarzen Wassers. Ich weiß nichts mit dem dort vor mir Stattfindenden anzufangen und bin völlig überfordert mit der Situation.

Der Bruch zwischen meinen Eltern bahnte sich lange vor ihrer wirklichen Trennung an und wenn ich ehrlich bin, hatte ich meine Eltern auch all die Jahre vorher nie gemeinsam erlebt. Gewiss wohnten wir zusammen, auch schliefen sie in einem Bett, doch als Paar habe ich sie nie wahrgenommen. Zum Ende bemerkte ich, dass mein Vater immer später nach Hause kam und dass seine Jacke, die an der Garderobe hing, nach Essen roch. Irgendwann erfuhr ich von Monti, dass mein Vater ein gern gesehener Besucher des Asiaimbisses am anderen Ende unserer Stadt war. Dort lernte er wohl auch seine jetzige Liebschaft kennen, eine Vietnamesin, eingeflogen zu DDR-Zeiten, eingebürgert und jetzt Kellnerin im eben genannten Etablissement. Am Wochenende oder wenn meine Mutter mal nicht arbeiten muss und wir uns gemeinsam in der Wohnung aufhalten, sitzt sie immer öfter alleine auf dem Balkon und blickt hinunter in die Stadt. Manchmal geht sie mir dabei so auf den Keks, dass ich mit einem dumpfen Gefühl im Bauch die Wohnung verlasse und zum Fluss gehe, der unsere Stadt in zwei Teile schneidet. Ich setze mich dann auf eine der Bänke, die unter den Trauerweiden stehen, denn zu diesen schwer depressiven Bäumen habe ich ein besonderes Verhältnis. Die Kronen der Bäume, die so weit über dem Wasser hängen, dass die Äste es sanft berühren, gleichen einer stummen Klage über die Vergänglichkeit der Dinge, und ich starre oft ans andere Ufer, dorthin, wo die Fleischfabrik hell erleuchtet wie eine Festung über der Stadt thront, mache mir so meine Gedanken und weine manchmal ein bisschen. In diesen Tagen, in den einsamen Momenten unten am Fluss, wenn es nach Stunden des Grübelns allmählich dunkel wird und im Sommer das Quaken der Frösche das unangenehme Stechen der Mücken in meine gebräunte Haut untermalt, gebe ich mir am Ende einen Ruck und gehe über den Asphalt der Straßen, welche die Hitze des Tages in die Nacht abstrahlen, wieder zurück in die Wohnung meiner Mutter. In meinem Zimmer ist es dann manchmal so heiß, dass ich mich bis auf die Shorts ausziehe, das Fenster öffne und regungslos auf dem Teppich herumliege. Wenn mir langweilig wird, höre ich stundenlang Musik, rauche Joints wie Zigaretten, gebe mir ab und zu etwas C, schreibe wirre Gedichte, spiele schmalzige Balladen auf der Gitarre, denke an Asic.

Und wenn ich krank bin, Schnupfen habe oder so, dann lege ich mich ins Bett und kiffe mir die Birne zu. Wenn ich dann darüber nachdenke, nicht hier in meinem Bett liegen zu können, sondern wie es wäre, irgendwo im Freien übernachten zu müssen, als Freiwild für irgendwelche sadistischen Idioten. Dass ich vielleicht so 'ne

Art Mutter wäre, deren Tochter gerade von einem Lagerkommandanten vergewaltigt wird und deren Sohn sie mit einem Brotmesser den rechten Arm abgeschnitten haben, ist mein Dasein doch nicht so übel. Wenn ich mir reinziehe, dass viele Typen, die Dreck am Stecken haben, niemals zur Rechenschaft gezogen werden, und dass ich nicht an ein Leben nach dem Tod glaube. Ja, wenn ich mir diese ganze Scheiße vorstelle, dann wird mir schlecht, und ich bekomme irgendwie voll Angst. Und ich muss dann aufhören so zu denken, damit ich irgendwie pennen kann, sonst würde ich endgültig durchdrehen.

Nachdem ich mir am nächsten Morgen etwas C auf meinem Schreibtisch zurechtgemacht habe, höre ich unseren Anrufbeantworter im Wohnzimmer ab. Eine kurze Mitteilung von Vivian ist von ihm aufgezeichnet worden und ich rufe sie prompt zurück. Ich bin heiß durch das C, habe Lust auf sie, und deshalb verabreden wir uns zum Ficken in ihrer Wohnung. Vivian habe ich vor knapp einem Monat auf einer Party von Kumar kennengelernt. Ich überraschte sie im Badezimmer, doch dachte ich nicht im Geringsten daran, zurück in das Zimmer zu gehen, aus dem ich gekommen war. Dort lief zum fünften Mal ein und dasselbe Video, in dem ein armer Teufel auf einen Stuhl gefesselt von zwei riesigen Typen mit schwarzen Skimasken genüsslich zu Tode gequält wurde. Und all die Leute, die in Kumars Wohnung diesen Snuff schauten, waren auf Pilzen oder LSD, und als mit Kneifzangen dem Typen auf dem Stuhl große Fleischstücke aus dem Gesicht gerissen wurden, schrien sie vor Begeisterung auf, doch mir wurde ganz übel. Die Schreie und das eindringliche Wimmern des Opfers hörte ich bis ins Badezimmer, wo ich mit Vivian ein paar Worte wechselte, auch um die furchtbaren Bilder in meinem Kopf loszuwerden, dann zogen wir ein paar Lines von ihrem Stoff. Wir haben noch am selben Abend miteinander geschlafen. In ihrem Bett, unter einem Poster, das an der linken unteren Ecke eingerissen war. Schnell und geräuschlos. Vivian erzählte mir von ihrem Studium und von Typen, die alle nur das Eine wollen. Dass sie glaube, ich sei anders, obwohl sie mich doch gar nicht kenne, und dass sie das schon irgendwie komisch finde. Und während sie immer wieder an ihrer Zigarette zog, berichtete sie mir von ihrer Sympathie für Menschen, die Minuten an die Decke starren oder stundenlang nichts sagen. Später flüsterte sie, dass ich ganz niedlich und sie total drauf und betrunken sei. Seit dieser Nacht sehen wir uns öfter, als wir vielleicht anfangs erwartet hatten. Wenn wir uns treffen, dann meist zum Ficken, zum Videoschauen oder einfach nur so.

Natürlich bleibt es nicht aus, dass, wenn ich Vivian durchnehme, Bilder von Asic in meinen Kopf schießen. Auch die einzelnen Etappen und das dazugehörige Finale, welches zu Asics Entscheidung führte, mich zu verlassen. Ihr massiver Gewichtsverlust war nach dem Kollaps bei ihr zu Hause nicht mehr nur auf eine Essstörung zurückzuführen gewesen. Diese hatte sie ihren Eltern zwar über einige Monate erfolgreich plausibel machen können, doch als ihr Vater sie am ganzen Körper zuckend und mit rollenden Augen in ihrer eigenen Kotze im Badezimmer wiederfand, war auch diese Geschichte hinüber. Ihre Eltern, beide Ärzte, kannten sich aus. Das Tütchen mit dem C lag noch auf dem Spülbecken, auch wussten sie, dass es von mir kam. Asic hatte es ihnen unter Tränen gestanden, doch die Polizei wurde aus Rücksicht auf das Image der Familie ausgespart. Stattdessen gingen sie mit mir persönlich ins Gericht und schickten Asic in Therapie. Nach einigen Sitzungen riet ihr der Therapeut dringend, das soziale Umfeld zu wechseln, da dies der sicherste Weg sei, der Gefahr eines Rückfalls vorzubeugen, welcher ihre psychische Stabilität erneut beeinträchtigen würde. Dummerweise war ich der Einzige, mit dem sie sich regelmäßig traf, auch derjenige, mit dem sie das erste Mal C gezogen hatte, und somit war ich endgültig raus aus der Nummer. Ich musste als Grund für ihren Nervenzusammenbruch und die Schnitte auf ihren Unterarmen herhalten und wurde für alles, was bei ihr vor den Baum ging, verantwortlich gemacht. Ja, der Quacksalber hatte ganze Arbeit geleistet und sie hatte ihm alles über uns erzählt. Danach gab es nichts mehr abzuwarten oder zu sagen. Es war vorbei.

Vivian öffnet mir, eine Zigarette cool in ihrer rechten Hand und auf Kinnhöhe haltend, die Tür. Sie bläst Rauch aus ihrem leicht geöffneten Mund und ich küsse sie kurz danach auf ihre nach Gurke duftende Stirn. Als sie sich umdreht und über den mit Fotos zugehängten Flur stolziert, kann ich durch ihr nachtblaues, fast transparentes Kleid ihre festen Pobacken sehen. Die Fotos an den Wänden bevorzugen nur ein Thema: Vivian, spärlich bekleidet, nackt, maskiert mit wechselnden Gesichtsausdrücken. Wir gehen ohne Umschweife in das Badezimmer und dort ziehe ich zwei bleistiftlange Lines vom Wannenrand, während Vivian aus dem Fenster auf die leuchtende Industrieanlage vor ihrem Haus blickt. Ich schaffe es nicht aufzustehen und deshalb bleibe ich auf dem Boden sitzen und lehne meinen Körper gegen die kalten Rippen der Heizung, die unter dem Fenster hängt. Ich frage Vivian nach einer Kippe und bekomme eine von ihr gereicht. Ein Track mit einer zerbrechlichen Stimme schwebt vom Wohnzimmer ausgehend durch alle Räume und Vivian fragt mich nach Kumar. Ich kann nur mit den Schultern zucken und sie erhebt sich vom Wannenrand und kommt auf mich zu. Ich ziehe meine Hose, immer noch sitzend, in die Kniekehlen und Vivian stellt sich über mich. Sie zieht ihr Kleid bis zu ihrer Hüfte nach oben, geht über meinem Becken in die Hocke, um sich dann endlich, nachdem sie meinen Penis ein paar Mal über ihren Kitzler gestrichen hat, gänzlich auf mich zu setzen. Was folgt, ist eine wortlose Kopulation zweier Körper, welche eingespielt und rhythmisch abläuft. Wenigstens das funktioniert noch, denke ich, während ich die meiste Zeit auf das Zusammenspiel unserer Geschlechtsteile starre. Der Stoff ist gut. Er pulst und pocht in meinem Kopf und strömt warm durch meinen Körper. Danach gehen wir ins Wohnzimmer. Dort befummeln wir uns in der Mitte des Raumes, bevor wir es auf der dunkelroten samtenen Couch weiter treiben. Länger und fordernder als vorhin. Der Stoff ist allgegenwärtig. Er bestimmt unsere Bewegungen, verhärtet meinen Blick und überflutet die gesamte Szenerie.

Auf C kann ich stundenlang ficken. Mein Schwanz wird dann hart wie Stein. Es gibt viele Gründe, warum Kumar, Monti und all die anderen, die ich kenne, auf C sind. Die meisten von ihnen gehen tanzen und feiern, über Wochen hinweg. Doch ich glaube, ich bin süchtig. Süchtig nach dem Sex auf C. Vivian geht völlig auf in unseren von mir total kontrollierten Akten und untermalt dies mit lautem Stöhnen und Quieken. Enthemmt und meine Libido ins Extreme gesteigert, geben wir es uns dann stundenlang auf allen Ebenen. Früher, als ich noch nicht drauf war, war ich der Überzeugung, dass die fleischliche Vereinigung zweier Menschenkörper banal sei und völlig überschätzt wird. Doch heute setze ich alles, was ich an halbwegs normalen Pornos schätze, mit Vivian im Bett um. Diese Konstellation ist einer der wenigen Glücksmomente in meinem Leben, wobei ich mich jedoch gelegentlich wundere, warum Vivian dies mitmacht. Ich glaube einfach, sie steht auf schmutzige Nummern, Frauen sind in solchen Sachen viel leidenschaftlicher.

Seit ein paar Wochen haben wir damit begonnen, unsere Ausschweifungen auf ihre Videokamera zu bannen. Dies gibt uns den finalen Kick. Wenn ich tief zwischen ihre Schenkel eingedrungen bin und die Rundungen ihres Körpers knete, dann scheint es, als wären wir im Zentrum dieser Welt angekommen. Um uns herum ist nichts außer tiefem Schwarz und wir schweben richtungslos durch einen unendlichen Raum, der uns liebkost und doch mit einer unendlichen Weite gefangen hält. Diese einzigartige Wärme und Harmonie, gepaart mit einer nicht zu messenden Geilheit aufeinander, stehen jedoch in einem krassen Kontrast zu der Leere, die mich überkommt, nachdem ich wahlweise in Vivians Mund oder ihren Unterleib abgespritzt habe. Dann liege ich neben ihr und bereue von einem Moment auf den anderen alles. Alles, was mich in diese Situation gebracht hat. Ich bereue es, sie zu kennen, bereue, es wieder mit ihr getrieben zu haben. Ich bereue, dass es mir, trotz großer Abwägungen im Vorfeld, nicht gelungen ist, selbst Hand an mich anzulegen. Allein, einfach und unkompliziert. Wenn Vivian ihren Kopf dann an meine Brust legt, wird mein Geist durchflutet mit Bildern von Asic. Vivian streichelt mich dabei meist zärtlich, fast verliebt, und ich hasse sie dafür. Auf C ist man nicht fähig zu lieben. Auf C ist man roh, ungeschliffen, ohne aufgesetztes und erlerntes Rollenverhalten, so missbraucht man sich und das Gegenüber. Man ist allein, an schlimmen Tagen sogar so sehr, dass man spürt, sich selbst verlassen zu haben.

Linie 11. Der Waggon ist stickig, stinkt nach Parfüm und Penner und durch die Verspiegelung meiner Sonnenbrille kann ich die Schablonen der Gesellschaft beobachten. Menschen mit ihren Schicksalen, Bürger in ihrem Gram. Mir schräg gegenüber sitzt ein Typ aus einem fragwürdigen, wohl nicht so stabilen sozialen Umfeld. Sein Kopf knallt rhythmisch gegen die Scheibe der Tram, während sämige Spucke an seinem mit Bartstoppeln bedeckten Kinn hinunterläuft – er ist wohl ziemlich besoffen. Eine Mutter, die neben ihm sitzt, presst die Tochter fester an ihren Körper und bekommt so einen angsterfüllten Blick, als der Penner erst laut rülpst, um dann vor ihr auf den Boden zu kotzen.

Ich bin auf dem Weg zu Kumar. Da ich den Rest von meinem C mit Vivian aufgebraucht habe, brauche ich unbedingt Nachschub. Die Tram hält und ich steige aus. Ich flaniere durch die Straßen bis ins Zentrum, und dabei geht es vorbei an einem Herumtreiber mit Hut und einem geistig Behinderten mit Akkordeon. Dort drüben lehnt ein Schwarzer und träumt gewiss von Afrika und Heroin, und gefühlte Stunden später bemerke ich, dass ich bereits vor Kumars Haus herumstehe und in den Himmel starre. Die Gefährlichkeit dieser Stadt wird mir schlagartig wieder bewusst, und alles um mich herum verschwindet kurz in einem Strudel, der sich schwarz und pulsierend über die Straßen windet und bereit ist, mich zu verschlucken, doch gleich danach ist alles wieder wie vorher, nur ein schwacher Windstoß fährt mir in die Haare.

Ich öffne die Tür zu Kumars Wohnung, die er nie abschließt, und lasse mich von der Kühle, die im Flur herrscht, empfangen. Ich verharre einige Augenblicke in dieser Stille, dann begebe ich mich auf die Suche nach ihm. Ich finde Kumar auf dem Boden seines Wohnzimmers. Ausgestreckt und nur mit einer schwarzweiß karierten Shorts bekleidet liegt er dort, hat die Augen geschlossen und einen riesigen Kopfhörer auf den Ohren. Behutsam steige ich einen Schritt über seinen Körper und setze mich auf den moosgrünen Plüschsessel, der hinter ihm steht. Eine ganze Weile hänge ich fest in dieser stummen Konstellation und beobachte seine Füße, die zu dem Beat, den er hört, hin- und herwippen, dann die Fische in seinem Aquarium. Ich beschließe, mir auch solch einen gläsernen Kasten zuzulegen, verwerfe jedoch diesen Vorsatz im selben Moment und stoße einige Sekunden später Kumar mit dem Fuß an. Ich frage laut in den Raum und in die drückende Stille hinein, ob er noch etwas am Start habe, und Kumar öffnet daraufhin überrascht seine Augen, lässt seinen Blick im Zimmer umherwandern, bis er schließlich an mir kleben bleibt. Er nimmt den Kopfhörer ab, richtet sich auf, reibt sich die Augen, dann begrüßt er mich und meint, er habe mich gar nicht kommen hören. Ich nicke stumm, mein rechter Schuh hat einen Riss im Leder und schon seit Längerem überlege ich, ihn mit einem Stück Klebeband zu flicken. Kumar kommt allmählich zu sich, steht mit einem Stöhnen wie in Zeitlupe auf und verschwindet schlurfend in der Küche. Nach einer Weile höre ich das Öffnen der Kühlschranktür, untermalt von dem klirrenden Geräusch einiger Flaschen, die leicht darin aneinanderschlagen, und als ein zitronengelber Fisch aus dem Aquarium mich anschaut, kommt Kumar in seine linke Hand blickend zurück ins Wohnzimmer. Er überreicht mir eine kleine Plastiktüte, die zur Hälfte gefüllt ist mit milchigen, tannennadelgroßen C-Kristallen, und wir beide schauen uns eine Zeitlang wortlos an. Ich kann die Leere, die uns umgibt, spüren und Kumars Schweißperlen sehen, die auf seiner braunen indischen Haut funkeln. Ich beschließe, heute nichts mehr zu ziehen, da meine Batterien ziemlich runter sind und ich eine Auszeit brauche. Deshalb bleibe ich bei Kumar und wir schauen uns den restlichen Tag bei zugezogenen Vorhängen Sexvideos an, kiffen und warten auf seine Freundin Lousenne, die natürlich nicht auftaucht. Am Abend beginnen wir, uns ohne Ton durch die Nacht zu zappen, hören alte

Jazzaufnahmen und stellen fest, dass Joints mit Haschisch keinen Stil haben. Irgendwann verlangt mein Körper so sehr nach Schlaf, dass ich mit einer Tüte in der Hand einpenne.

Während der Stunden, in denen ich schlafe, träume ich davon, dass ich Asic heirate. Wir stehen an einem Strand, vor einem dunkelblauen Ozean und halten uns an den Händen. Es gibt auch eine Hochzeitsgesellschaft, die sich in einem Halbkreis um uns herum formiert hat, doch ich kenne niemanden der anwesenden Personen. Auch steht eine Art Pfarrer vor uns, doch anstatt eines Talars trägt er einen Rock aus Binsenkraut und eine Krone aus Muscheln auf dem Kopf. Der Inselpfarrer spricht eine Weile, doch ich hören keinen Laut, sehe nur, wie sich seine Lippen bewegen, dann überreicht er uns zwei Ringe, die er aus den Fransen seines Rocks hervorzaubert und wir stecken sie uns gegenseitig an. Als ich Asic küssen möchte und meine Hände auf ihre Wangen lege, zerläuft ihr Gesicht wie heißes Wachs in meinen Händen und fließt als dickes Blut meine Unterarme hinab. Ihr restlicher Körper zerbricht vor mir und alle Anwesenden biegen sich vor Lachen. Ich höre immer noch nichts, doch kann ich ihre gekrümmten Körper vor mir sehen, die zu Boden gehen und ebenfalls zerfließen und vom Sand aufgesogen werden.

Als am nächsten Morgen blaues Licht durch die Jalousien dringt, wache ich wieder auf und starre auf die zuckenden Bilder vor mir im Fernseher. Wie versteinert sitze ich eine Ewigkeit in dem Sessel, bevor ich mich endlich zum ersten Mal seit meiner Ankunft aus ihm erhebe, um die schwarze Fliese, auf der wir immer unser Zeug ziehen, aus Kumars Bad zu holen. Nachdem ich wieder im Wohnzimmer angekommen bin, zerreibe ich unter der Folie einer Zigarettenschachtel etwas von meinem C und genieße das Knirschen, das ein Zeichen für gute Qualität ist. Ich bringe das Häufchen mit meiner Krankenkassenkarte in eine Gerade, rolle den Geldschein aus meiner Hosentasche zu einem Röhrchen und stecke ihn mir ins linke Nasenloch. Das rechte drücke ich mir mit meinem Zeigefinger zu, inhaliere kurz und stark und der Stoff schießt augenblicklich in mein Hirn und reißt auf dem Weg dahin tiefe Furchen in meine Schleimhäute. Er sticht und brennt und ich bin erfüllt von diesem befriedigenden und selbst gewählten Schmerz. Eine Weile bleibe ich noch im Sessel sitzen, dann lege ich mich neben Kumar auf den Boden, schließe die Augen und lasse mich hochfahren. Der Morgen graut und bricht um sich schlagend in mich ein.

Nachdem ich die Tür leise hinter mir zugezogen habe, schwebe ich hinaus aus Kumars Wohnung und total drauf die Treppe hinab, Richtung Ausgang. Als sich die Geräuschkulisse schlagartig ändert, da die schwere braungebeizte Holztür des Hauses von mir geöffnet wird, kitzelt eine keusche, morgendliche Sonne meine Nasenspitze, Autos brausen aufgeregt an mir vorbei und gelegentlich ertönt entfernt ein gestresstes Hupen. Vor mir liegt ein klassisch geformter Hundehaufen und gegenüber, auf der anderen Straßenseite, lehnt ein Mann mit schwarzem Hut an einer Laterne und täuscht vor, die heutige Ausgabe der Tageszeitung zu lesen. Die Überschrift auf der Titelseite zeigt zu Boden und deshalb kann ich auch nicht entziffern, was sie zu verkünden hat. Vielleicht *Zwangskastration für Sexualstraftäter* oder *Der Kaffee wird teurer* oder *Schwangerer Frau wird mit Rasierklinge die Nase abgeschnitten*. Auf jeden Fall werden hochinformative Themen abgehandelt, weltpolitische Bewegungen analysiert und Inhalte besprochen, welche unsere Gesellschaft beschäftigen. Einer meiner Schnürsenkel liegt lose auf der Straße herum, und jetzt bücke ich mich, um diesem Chaos entgegenzuwirken. Dann geht es vorbei an farblosen Fassaden, leeren Geschäften und verfallenen Häusern. Oft sind die Wände dieser Ruinen mit der aufgesprühten Bemerkung *Steht leer und verfällt* gebrandmarkt. Zeugen einer gesellschaftlichen Wende, welche mit markiger Parole begann, doch nach einer kollektiven Bananenkur blieb uns Akteuren buchstäblich das Wort im Halse stecken. Jetzt schlucken wir nicht einmal mehr.

Zu Hause angekommen höre ich schon im Treppenhaus das Klingeln unseres Telefons und einigermaßen gut unterwegs stürze ich die letzten Stufen nach oben und Sekunden später telefoniere ich mit Monti. Während ich ihm von meinem geilen Stoff berichte und er mir überschwänglich dazu gratuliert, betrachte ich den Schnappschuss von mir, den wahrscheinlich meine Mutter an die Wohnzimmerwand gehängt hat und den ich noch nie dort gesehen habe. Ich werfe ihm einen Kussmund zu, verabrede mich mit Monti zu einem Besuch am See, frage, ob ich etwas C mitbringen soll, aber er sagt nichts mehr. Stattdessen höre ich nur seinen flachen Atem durch das Telefon, ich warte eine Weile, doch nichts verändert sich und deshalb lege ich irgendwann auf.

Auf dem Foto von mir an der Wohnzimmerwand sehe ich frisch und unverbraucht aus. Fast wie ein anderer Mensch. Ich kann verstehen, warum meine Mutter es dort anbrachte, es erinnert sie bestimmt an bessere Tage. Das Bild ist kurz vor meinem fünfzehnten Geburtstag aufgenommen worden, das weiß ich, da ich zu diesem Zeitpunkt für ein Jahr eine Brille tragen musste. Während ich weiter auf das Foto starre, fallen mir nach und nach auch wieder einige Details zu diesem Geburtstag ein. Meine Eltern waren nicht da, hatten mir aber etwas Geld auf den Küchentisch gelegt, versteckt in einer Karte, auf der eine Maus aus einer Torte sprang und mit einem „Herzlichen Glückwunsch“ versuchte mir zu gratulieren. Nachdem ich ein Stück von dem nicht selbstgebackenen Kuchen gegessen hatte, fuhr ich mit der Straßenbahn erst zu meinem Opa. Dann, nachdem wir zusammen einen sinnlosen Film im Fernsehen angeschaut hatten, ohne ihn in den städtischen Heimatnaturgarten. Ich aß unter Kastanienbäumen alleine Erdbeereis und bewarf später das Stachelschwein neben dem Rotwildgehege mit Kieselsteinen. Vor langer Zeit hatte ich gehört, dass diese Schweine aus Angst ihre Stacheln abschießen, und ich wollte unbedingt einen dieser Stacheln haben, doch das Schwein rannte nur wie blöde in seinem Käfig herum, sodass ich nach einer Weile die Lust verlor. Meine Hände waren dreckig vom Kiesaufsammeln, und irgendwie tat mir das Schwein dann doch ein bisschen leid. Stumm betrachtete ich, wie es voller Furcht in einer Ecke saß und mit seiner Schnauze die

Luft nach einer drohenden Gefahr durchforschte. Und in diesem Moment riss ein Düsenjet lautlos eine tiefe weiße Furche in den klaren Frühlingshimmel, ich hatte Geburtstag, doch fühlte ich mich überhaupt nicht danach. Am Abend waren meine Eltern noch immer nicht zurück, und ich überlegte, ob ich mir allmählich Sorgen machen sollte. Da mir nicht einfiel, in welcher Art von Szenario sie stecken könnten, entschied ich mich für eines der Bücher meines Vaters, die in den Ecken und Schubfächern unserer Wohnung zu finden waren. In dem von mir ausgewählten Buch ging es um einen Jungen, der durch ein Fernglas, das er von seinem Großvater geschenkt bekommen hatte, die Berggipfel und Wälder seiner Heimat betrachtete. Der Junge war etwas sonderbar, denn er gab Steinen Namen und war bezaubert von einem weißen Dampfer, der in der Ferne über einen See trieb. Es war ein dünnes und trauriges Buch und das Lesen deprimierte mich nach einer Weile. Also klappte ich es zu und verstaute es an seinem alten Platz, dann blickte ich lange aus dem Fenster, hinunter auf die leeren abendlichen Straßen. Ein Tag war vorüber. Der Tag, an dem ich ein Jahr älter geworden war.

Montis Wohnung ist ein Ereignis. Wenn man es geschafft hat, über all den Krempel, der auf den Stufen liegt, die morsche Treppe hinauf in das Dachgeschoss zu steigen, so kann man direkt durch die Wohnungstür in den Flur blicken. Die Glasscheibe der selbigen hat Monti irgendwann zerschlagen, doch ist mir der Grund für diesen Gewaltausbruch nicht mehr bekannt. Aber dass er sich fast die rechte Hand dabei abschnitt, wochenlang mit ein und demselben Verband um das Handgelenk herumrannte und das Fleisch unter dem Verband schon richtig faulig war und stank, das habe ich nicht vergessen. In Montis Küche stapeln sich bis hoch zur Decke leere Hundefutterdosen und braune Bierflaschen, und da ich ihn noch nie abwaschen oder den Müll hinunterbringen gesehen habe, steht ein schwerer süßlicher Geruch in diesem Raum. Das Erste, was ich also tue, wenn ich ihn mal besuche, ist die Luft anzuhalten und die Küchentür, falls sie geöffnet ist, zu schließen. Unter anderem habe ich auch aufgehört, darüber nachzudenken, wann eigentlich der Hund, der all dieses Futter vertilgt, in Erscheinung treten wird – ich habe Monti noch nie in Begleitung eines Vierbeiners gesehen. Das Wohnzimmer hat Monti mit besonders viel Liebe eingerichtet. Alle vier Wände sind mit fliesengroßen Karos in schwarz und weiß bemalt und links und rechts im Raum wurzeln zwei riesige Boxentürme. Mehr als mannshoch und mindestens so breit wie mein Schreibtisch stehen sie dort wie ein Bollwerk – eine Bastion guter ehrlicher Musik. Alles ist von Monti selbst gebaut, in dieser Beziehung hat er es echt auf dem Kasten, und inmitten dieses professionellen Beschallungssystems steht ein riesiger Fernseher, verbunden mit einem Videorekorder und einer Playstation. Parallel zu dieser gewaltigen technischen Front thront ein Sessel und neben dem Sessel steht ein Eimer, gefüllt mit dreckigem und stinkendem Wasser. Eine abgeschnittene, große Plastikflasche, drapiert mit einem selbstgebastelten Silberpapierköpfchen, welches als Sieb fungiert, schwimmt aufrecht darin, sodass Monti sich nur zur Seite zu beugen muss, um Gras oder Shit in das Köpfchen zu füllen. Seine Mischeschale steht meist nicht weit entfernt auf dem Fußboden. Im Gegensatz zu den Vertretern der Moderne, die überzeugt davon waren, dass der Mensch als ein Wesen der Vernunft zu werten ist, welches selbständig denkt und handelt, wissen wir heute, dass all unseren Taten nur die Erfüllung niederster Bedürfnisse zu Grunde liegt. Essen, Ficken, Schlafen. Der Mensch ist bequem und bleibt unmündig. Man kann dies sehr gut an Montis Verhalten beobachten und studieren.

Heute geht alles recht harmlos über die Bühne. Ich habe mir daheim noch eine fette Line reingeballert und Monti steht schon in kurzer Hose und mit einem komischen Hut auf dem Kopf Gewehr bei Fuß in seinem Flur. Die Küchentür ist geschlossen und die Tür des Wohnzimmers ebenfalls. Wir können also sofort aufbrechen. Auf dem Weg zur Tramstation, kurz vor der Haltestelle, liegt eine alte Frau auf der Straße. Ein außer Kontrolle geratenes Auto hat sie ziemlich übel zugerichtet. Der Inhalt ihrer aufgeplatzten Einkaufstüten liegt verstreut auf der Straße: zerbrochene Eier, deren Dotter auf dem schwarzen Asphalt verschmiert sind, zermatschte Äpfel und Orangennetze voller kaputter Früchte. Die Frau stöhnt vor Schmerzen und Schaulustige werfen sich, in einigem Abstand, begeistert Blicke zu. Es wird getuschelt und ab und zu mit dem Finger auf den sich windenden Körper gedeutet. Monti meint, dass Scheiße eben passiere, und das sehe ich ein. Wir legen einen Zahn zu, denn von weitem kündigt sich die Tram mit einem klagenden Schrillen an, aber ich blicke mich noch mehrmals um und habe dabei ein komisches Gefühl im Bauch.

Einen Höhepunkt meiner Beziehung zu Monti durfte ich in einer der letzten Wochen erleben. An einem Morgen, an dem der Himmel klar war wie Wasser, nach einer Nacht, in der ich Stunden durch die

Dunkelheit gerannt war, auf der Suche nach etwas Stoff. Schließlich hatte ich Kumar in einer der vielen Spielotheken gefunden, die als Sammelpunkt für allerhand gescheiterte Existenzen herhalten. Er starrte auf die bunten Lichter eines Flipperautomaten, ohne die Kugel, welche bestimmt schon seit Stunden vor ihm in der Abschussrampe ruhte, loszuschießen. Als ich ihn begrüßte, löste sich seine Anspannung. Er wandte sich mir zu und der Schein der Lichter des Flipperautomaten, der jetzt hinter ihm stand, umrahmte seinen Körper wie ein knallbunter Heiligenschein. Wir gaben uns die Hand, klärten kurz mein Anliegen und verschwanden dann gemeinsam auf der Toilette. Er hatte erstklassiges C am Start und wir hämmerten uns beide eine fette Line ins Hirn, bevor wir wieder zurück zu den Automaten der Spielhölle gingen. Dort bestellten wir uns beide ein Bier und während ich bedächtig an meinem Glas nippte, beschwerte sich Kumar über Lousenne, seine langjährige Freundin, und über die Zustände im Asylantenheim, in dem sie sich immer rumdrückt. Dorther bezieht sie das Heroin, welches sie sich regelmäßig in die Arme schießt, und das macht sie zum Junkie und auch zur Hure, da wir um die Art und Weise wissen, wie sie sich den Stoff besorgt. Für mich ist dies alles nicht wirklich nachvollziehbar, da ich ihr schon längst den Laufpass gegeben hätte, aber Kumar hängt an ihr, trotz all des Drecks, den Lousenne in sich trägt. Irgendwann ging mir Kumars Gejammer, wie so oft, ziemlich auf den Geist, auch musste ich mich bewegen, da das C mich nach vorne trieb, und deshalb verabschiedete ich mich, ließ ihn zurück und machte mich auf den Weg zu Monti.

Draußen graute bereits der Morgen und das C von Kumar war gut, ich hellwach, vollgepumpt mit frischer Energie und freudiger Erwartung, Monti meinen Stoff bald unter die Nase reiben zu können. Die Tür zu Montis Wohnung stand weit offen und schon auf der Treppe hörte ich die komischen, fast tierischen Laute, die aus seinem Zimmer kamen. Vorsichtig und etwas verängstigt trat ich in den

Flur, um in das Wohnzimmer zu blicken. Dort bot sich mir ein Bild des Grauens.

Monti stand mit freiem Oberkörper, mir abgewandt, vor dem geöffneten Fenster und auf dem Boden knieten zwei Wesen, die bis zu diesem Zeitpunkt von mir als nicht menschlich eingeordnet worden waren. Gänzlich entkleidet griffen sie mit den bloßen Händen in einen Topf, welcher mit einer hellbraunen, dickflüssigen Substanz gefüllt war, um sie dann langsam und bedächtig auf Montis entblößtem Hintern zu verteilen. Zu dieser Prozedur wiegte er seinen Körper sachte hin und her, summte dabei angestrengt eine mir fremde Melodie. Hoch und gepresst entwichen die Töne aus seinem Kehlkopf, so schräg, dass mir richtig mulmig wurde. Um nicht völlig durchzudrehen, zwang ich mich, meinen Blick von dieser bizarren Troika abzuwenden und ließ ihn durchs übrige Zimmer schweifen. Allmählich wurde mir bewusst, dass die Wesen zu Montis Füßen Kinder waren. Minderjährige, die nackt meinen Freund mit Exkrementen beschmierten, und mir wurde klar, dass etwas geschehen musste, denn dies fühlte sich dann doch irgendwie alles falsch an. Ich schrie Monti an, ob er noch alle Tassen im Schrank habe, und seine darauf folgende Reaktion verblüffte mich ungemein. Er drehte sich langsam um, und als er mich erblickte, zuckte er erschrocken zusammen, zog seine in den Knien hängende Unterhose hoch und kam dann, nach einigen Sekunden des Überlegens mit einladenden Armen und meinen Namen rufend auf mich zu. Als er mich schließlich umarmte, stellte ich erleichtert fest, dass ihn nur profaner Schokoladenpudding verzierte. Das beruhigte mich ein wenig und ohne eine Vorstellung, was Monti den beiden Kindern verabreicht haben mochte, schmiss ich sie, mitsamt ihren auf dem Teppich verstreuten Klamotten aus der Wohnung. Sie schnurrten wie kleine Kätzchen, als ich sie an den Haaren packte und aus der Wohnung schleifte.

Später, als alles überstanden und wir endlich allein waren, versuchte ich mich auf Monti zu konzentrieren. Ich hörte gespannt zu, was er mir zu berichten hatte, doch leicht war es nicht, da er mir die unglaublichsten Sachen erzählte. Während er wirr philosophierte, blickte ich mich erneut im Zimmer um und bemerkte erst jetzt die Zeichen und Worte an den Wänden, die kreuz und quer über die schwarz-weißen Karos der Tapete geschmiert waren. Auf einer vergilbten, überdimensionalen Weltkarte, die über dem Fernseher angepinnt war, stand *Brave New World* mitten in das Herz Europas hineingeschrieben, und es dauerte noch eine Ewigkeit, bis Monti in der Lage dazu war, meinen Stoff zu probieren, aber dann war alles gut und wieder in Ordnung. Wir saßen gemeinsam auf dem Teppich herum, rauchten und zogen regelmäßig eine Line und so verging der Tag und seine Stunden, in denen wir füreinander da waren und ich mich fallen lassen konnte.

Meine Zunge liegt wie ein toter Klumpen Fleisch im Mund und die rhythmischen Bewegungen des Waggons, der unermüdlich über die Schienen rollt, lassen mich kurz einnicken, obwohl ich total drauf bin. Erst als mich Monti mit dem Fuß anstößt, bemerke ich, dass wir die Endstation erreicht haben, und wir steigen aus. Zum Wasser müssen wir durch den Wald laufen, der vor der Stadt liegt, doch noch geht es für ein paar Minuten die Straße entlang und dabei amüsieren wir uns köstlich über eine schwer atmende, schwangere Frau, die sich an ein Geländer lehnt. Monti törnt der Gedanke, den dicken Bauch beim Ficken in den Händen zu halten, ziemlich an, doch ich bin der Meinung, dass das irgendwie eklig ist, und wir wechseln das Thema. Vor uns liegt jetzt der Wald, und dann laufen wir, über ausgetretene, von Eichen und Buchen gesäumte Pfade, die wie ein Netz die Peripherie des Waldes durchziehen, hin zu einem Feldweg, der golden und als offene Gerade an unser Ufer führt. Fernab vom Trubel des Piers, der einige hundert Meter entfernt auf der anderen Seite des Sees liegt, lassen wir uns außer Atem nieder. Über die letzten Jahre ist nicht nur dort die Zahl der Badebesucher angestiegen, vermehrt treiben sie auch auf den Wander- und Spazierwegen in der Umgebung ihr Unwesen, gehen zwischen den Bäumen leise umher und manche befummeln sich versteckt gegenseitig, doch heute sehen wir niemanden. Am Pier lockt die Sushibar *Seppuku* den einen oder anderen Neureichen in diese Gegend und ein Dutzend Segelboote, die von hier aus wie Papierschiffchen anmuten, ankern in der davor gelegenen Marina. Dies alles soll den See zu einer touristischen Perle machen, so jedenfalls stellt unsere Stadt diesen Flecken Land in lokalen Reiseprospekten dar. Ich glaube, man erhofft sich dadurch mehr Aufmerksamkeit, auch über die Landesgrenzen hinaus. Doch so schön diese provisorischen Prestigeobjekte daherkommen, der Aufschwung im Herzen der Menschen bleibt immer noch aus.

Unser Platz besticht durch eine nahezu unberührte Landschaft. An manchen Stellen säumen Schilffelder das Ufer, und Seerosen, die aus der Ferne betrachtet wie grüne Tintenkleckse wirken, schwimmen auf der Oberfläche des dunklen Wassers. Zahlreiche Tiere leben hier, und bei jedem Besuch mit Monti versuche ich mich der Harmonie dieses Ortes leise und vorsichtig anzunähern. Der Ort gewährt auch einer Eidechsenfamilie Unterschlupf, und wenn die Sonne günstig steht und man eine Weile regungslos und ohne einen Laut zu tun, daliegt, dann steckt die Eidechsenmutter ihren Kopf aus dem kleinen Loch. Monti und ich schauen ihr dann lange zu, und manchmal kommt es uns vor, als lächele sie uns an. Ich breite meine Stranddecke aus, Montis ist aus reiner Baumwolle, und dann ziehen wir uns aus, brauchen keine Badehosen und laufen schweigend zum Wasser. Ich stürze mich in die Fluten und schwimme hinaus, drehe mich auf den Rücken und lasse mich von dieser falschen Schwerelosigkeit tragen. Der Himmel hat ein schwaches Blau aufgetan und die Wolken gestalten Fabelwesen.

Monti ist am Ufer geblieben und schöpft Wasser aus dem Boot, welches wir vor einigen Wochen, halb versunken, gefunden haben. Es ist ziemlich alt, das Holz ist feucht und modert, doch schwimmt es allemal, anscheinend beansprucht es zum Verwesen alle Zeit der Welt, und allmählich spüre ich auch, wie sich der Trip in mir breitmacht. Vorhin im Wald haben wir uns etwas LSD geklinkt und ich gebe Monti Recht, dass es eine Weile braucht, um anzufluten. Ich bin froh, da ich bemerke, dass Monti mit dem Boot näher kommt, um mich aus dem Wasser zu ziehen, denn lange hätte ich mich nicht mehr über der Oberfläche halten können. Monti hat den Boden einer Plastikflasche abgeschnitten und bastelt konzentriert aus einem Stück Silberpapier ein passendes Köpfchen für ihren Hals. Mit einer Tannennadel sticht er eine Vielzahl kleiner Löcher in das Papier, so lange, bis ein Sieb daraus entsteht, und dann beugt er sich über den Rand des Bootes und drückt die Flasche nach unten, bis sie fast gänzlich vom Wasser umschlossen wird. Er füllt etwas Gras in das Köpfchen, zündet dies an und zieht diese fix konstruierte Bong gemächlich nach oben. Durch den Unterdruck füllt sich der Hohlraum mit honiggelbem Rauch, dann löst er das Sieb und presst die Lippen an die Öffnung der Flasche, um dann mit ihr zurück in ihre ursprüngliche Position zu fahren. Monti trifft es danach ziemlich gewaltig. Er hängt über dem Wasser, Speichel tropft aus seinem Mund, und keuchend kämpft er um Luft. Ich bin an der Reihe.

Die Sonne hat lange ihren Zenit überschritten und beginnt zu sinken. Ich mag es, wenn der Tag sich ergibt und seinen Untergang akzeptiert. Die Gespräche werden leiser, die Melodien der Vögel verstummen, und die Dunkelheit kann kaum erwarten hervorzubrechen. Ich liege einfach da und das gesamte Universum scheppert mir durchs Hirn. Ich schaue zu Monti, er hat sich beruhigt und liegt mir gegenüber im Boot. Die Augen geschlossen, murmelt er Unverständliches und sein Brustkorb hebt sich kaum merklich. Ich beuge mich über das rissige Holz des Kahns und starre in das Wasser. Dort unten sehe ich Lichter, fremde Städte, die vom Grund des Sees ihren Schein an die nasse Oberfläche werfen, und entfernt am Horizont brennen Feuer. Voller Angst rolle ich mich frierend zusammen und begreife, dass wir verhext wurden.

Später, als es schon finster ist, finde ich mich auf dem Teppich meines Zimmers wieder. Ich habe keine Ahnung, wie ich hierhergekommen bin, geschweige denn, wie spät es ist. Ein nasses Handtuch hängt über dem Stuhl vor meinem Schreibtisch und die Lavalampe verteilt rotes Licht im Raum. Der See, das Boot und die Tiefe. Es ist erstaunlich, was alles in einem schlummert.

Der Tag, an dem ich Asic das erste Mal traf, war voller Leben. Sie war neu in der Stadt, zugezogen mit ihren Eltern, und kam im letzten Halbjahr vor dem Abitur in unsere Klasse. Früh zeigte sich, dass sie uns allen überlegen war. Sie sprach fließend Englisch, Japanisch und Bahasa Melayu, und ihre Kindheit hatte sie glücklich in Australien und Malaysia verbracht. Die letzten zwei Jahre hatte Asic die Deutsche Schule in Kobe besucht. Die meisten unserer Klasse hatten noch nie etwas von diesen Ländern, geschweige denn von *Kobe* gehört. Ich kannte mich zwar etwas aus und erinnerte mich, dass dort Kühen Bier aufs Hinterteil geschmiert wurde, doch obwohl alle in meiner Klasse ihr Abitur schaffen würden, verfügte keiner von uns über einen wirklichen Plan. Die Weiber lernten einfach jeden Scheiß auswendig und wir Typen durchwanderten sämtliche Ansätze der Präparierung diverser Spicker, um mit Ach und Krach durch die Leistungskontrollen und Klausuren zu rutschen. Asic brauchte dies alles nicht. Spielend leicht und mit einem Lächeln auf den Lippen wusste sie, ohne die von uns angewandten Techniken zu nutzen, Antworten auf alle Fragen, war zuvorkommend und nett. Unnahbar, aber doch einfühlend. Auch sah sie ganz anders aus als wir, irgendwie gesünder und glänzender. Es war mir manchmal, als stände dort die Menschwerdung Schneewittchens in der Mitte unseres Schulhofs. Ein Ideal, das jeder reinen Gewissens anhimmeln durfte, und Asics schwarzes schulterlanges Haar schimmerte seiden, wenn das Sonnenlicht darauf schien, und ihr Hals war von einer blassen, fast adligen Eleganz. Ihr Körper, dessen Taille den Wellen der Ozeane nachempfunden war, glich dem einer Raubkatze, und ihr Hintern war eine unausgesprochene Einladung, wahnsinnig zu werden. Sinnlich und zum Greifen nah, wogte ihr voller Busen, wenn sie die Flure unserer Schule in einen Catwalk verwandelte. Ihre Zähne waren von blendendem Weiß, die Hände feingliedrig und ihre Finger von einer seltenen Zartheit. Aber irgendetwas stimmte nicht mit ihr. Wenn ich abends in meinem Bett lag und sie nicht aus dem Kopf bekam, spürte ich etwas Fremdes, etwas nicht Bekanntes in mir. Jemand wie Asic passte nicht zu uns. Nicht in den Osten und schon gar nicht in diese Stadt. Wie hing all dies bloß zusammen? Lange zerbrach ich mir den Kopf und eine Antwort bekam ich erst, nachdem Asic mir zum ersten Mal einen geblasen hatte. Es war ein wolkenverhangener Nachmittag, und wir waren bei Asic zu Hause. Nachdem sie mein warmes Sperma geschluckt hatte, während ich an ihren festen Brüsten rumspielte, rauchten wir gemeinsam eine Zigarette und ich erfuhr von der geheimnisvollen Krankheit ihres Vaters. Schritt für Schritt löste diese seinen Körper von innen her auf. In unserer Stadt sollte sich eine Spezialklinik für unerklärliche Tropenkrankheiten befinden – die letzte Hoffnung der Familie – von der ich aber noch nie gehört hatte und darum habe sie es hierher verschlagen. Ihre Mutter suchte zu diesem Zeitpunkt bereits nach einem fähigen Exorzisten, um neben der klassischen Schulmedizin auch den Ansatz der Dämonenaustreibung als Alternativmethode in petto zu haben. In Japan konnte und wollte ihnen niemand helfen, da viele Einheimische und auch Ärzte der Überzeugung waren, dass sich ihr Vater einen *Onryō* eingefangen hatte. Einen Rachegeist, geboren aus der Seele eines Verstorbenen. Selbst der Besuch bei einem buddhistischen Priester hatte nur zu dem Vorsatz geführt, Japan so schnell wie möglich zu verlassen, da dies, wenn überhaupt, die einzige Möglichkeit wäre, sich von diesem Fluch zu befreien. Auch erzählte Asic mir am selben Abend von dem Besuch eines Teppanyaki-Restaurants in Osaka, bei dem sich ihr Vater mit schmerzverzerrtem Gesicht an den Hals gegriffen hatte, ganz als wolle er dort eine unsichtbare Hand lösen, die ihn umklammerte und ihm die Luft abschnürte. Sie erwähnte auch die Köche und Kellner des Restaurants, die entsetzt vor ihrem Vater zurückgewichen waren, die Veränderungen seitdem und dass dies noch gar nicht so lange her war. Die Tatsache aber, dass selbst hier in Deutschland Lampen und elektrische Geräte in dem von Asics Eltern angemieteten Haus manchmal grundlos an- und ausgingen, und in der Nacht klopfende Geräusche vom Dachboden kamen, nährte meine Vermutung, dass der Vorschlag des Priesters nicht wirklich gefruchtet hatte und der Geist Asics Vater hierher gefolgt war. Zwar war mir etwas unheimlich zumute, wenn ich Asic besuchte und mit ihr schlief, aber wirkliche Angst verspürte ich nie, dazu war ich zu sehr unterwegs, zu high, um solche Bedrohungen adäquat beurteilen zu können.

Als Asic das erste Mal C probierte, war sie hin und weg davon und bis zu ihrem Zusammenbruch, der wohl auf eine Überdosis zurückzuführen war, lief auch alles ziemlich gut. Als wir einmal, nach drei Tagen Dauerfickens und ohne Schlaf, zusammen in der Badewanne saßen und unsere wunden Geschlechtsteile begutachteten, erzählte sie mir von dem Übergriff in Japan. Ein einheimischer Arbeitskollege ihres Vaters, ein Freund der Familie, der oft bei ihnen zu Gast war, hatte sie nach einem gemeinsamen Karaokeabend auf der Rückbank des Autos ihres Vaters befummelt. So selbstverständlich, als wäre sie in ihn verliebt, schon immer heiß auf alte Knacker und nun bereit für einen Fick. Die Augen ihres Vaters beobachteten die Szene durch den Rückspiegel. Er begriff, was dort vor sich ging, doch fuhr er weiter durch den dichten Verkehr der Rushhour, während die linke Hand des Japaners an Asics Innenschenkel immer weiter nach oben, in Richtung ihrer Scham glitt. Allein mit ihm zu Hause, konfrontierte Asic ihren Vater mit diesem Vorfall, doch er schwieg, um einige Stunden später in ihr Zimmer zu kommen und zu behaupten, all dies habe nicht stattgefunden. Japan sei nun mal so und sie solle sich nicht so zimperlich haben.

Wir beide haben nie wieder darüber gesprochen, und seit Asic fort ist, bin ich auch ihren Eltern nicht mehr begegnet. Manchmal stehe ich vor ihrem Haus, beobachte die Fenster und warte darauf, dass sich darin etwas bewegt oder die Lichter aufflackern, aber nichts geschieht. Das Haus wirkt verlassen und Laub vom Vorjahr bedeckt das Wasser des Pools vor der Veranda. Ja, ich bin für alles verantwortlich. Und auch wenn Monti behauptet, er sei schuld, dann stimmt das nicht. In den letzten Monaten ist mir bewusst geworden, dass ich Asic jedes Mal, wenn wir uns trafen, mehr mit hineingezogen habe. In meine Welt, in meine Schluchten, zum C und in alles, was dazu gehört. Doch fehlt mir der Mut, dies zuzugeben, und darum lasse ich Monti in dem Glauben, denn es ist bequemer so. Ich weiß, dass ich es nicht schaffe loszukommen. Loszukommen von dem ganzen Scheiß, doch ich wünsche es mir für Asic. Ich wünsche mir, dass alles so wird, wie es einmal war, oder wenigstens, dass Asic heil aus der Nummer rauskommt.

Ich erwache am nächsten Morgen, nach meinem Besuch mit Monti am See, durch Geräusche in der Wohnung, die nicht von mir zu kommen scheinen. Ich bin noch etwas verwirrt von den Erlebnissen des Vortags, und als ich überlege, welcher Tag heute ist, fällt mir das nicht ein. Ich stehe auf, streife mir T-Shirt und Jeans über, dann öffne ich die Tür, um durch den Flur in das Wohnzimmer zu gehen. Die Quelle dieser fremden, akustischen Kulisse ist die Tür des Küchenschrankes, die durch meine Mutter geöffnet und wieder zugeschlagen wird. Sie steht mit dem Rücken zu mir, und als sie sich umdreht, kann ich deutlich die blauen Adern an ihrem Hals sehen, die durch ihre pergamentartige Haut schimmern. Sie sieht älter aus, als ich sie in Erinnerung habe, und nachdem wir uns mit einem kurzen Hallo begrüßt haben, macht sie uns beiden eine Tasse Kaffee. Wie lange haben wir uns nicht gesehen? Es müssen Wochen, doch gefühlte Jahre sein, und während ich darüber nachsinne, lehnt meine Mutter an dem hüfthohen Schrank, in dem das Edelstahlbecken für den Abwasch eingefasst ist. Sie starrt, den linken Unterarm über den Bauch gelegt, aus dem Fenster, nippt an ihrem Kaffee und ihre rechte Gesichtshälfte wird von dem Sonnenlicht beschienen, welches über die Dächer flutet, die andere ist von Schatten ganz bedeckt. Von hier aus, wo ich stehe, kann ich die Schornsteine des Heizwerkes sehen und einen Kondensstreifen, der darüber den Himmel aufschneidet, blasse Wolken, die darum drapiert sind und mein Gesicht, das sich konturenhaft in der Fensterscheibe spiegelt. Ich bin mit meinem Kaffee längst fertig, als meine Mutter ihre Tasse in die Spüle stellt und mich fragt, ob wir zu den Enten am Fluss gehen wollen, da sie mit mir etwas zu besprechen habe. Schweren Herzens stimme ich zu, gehe in den Flur und streife meine Straßenschuhe über die Füße, während meine Mutter noch kurz in der Küche herumhantiert, dann machen wir uns auf den Weg.

Meine Mutter hat eine große Tüte mit Brotkrumen dabei, jetzt wirft sie eine Handvoll davon in das trübe Wasser und die Enten sind total wild auf dieses Zeug. Ich höre deren hektisches Flügelschlagen, doch sehe ich sie nicht, da ich durch meine Sonnenbrille auf den Boden starre und versuche an irgendetwas Schönes zu denken. Als der Vorrat an Krumen aufgebraucht ist, legt meine Mutter auf einmal ihren Arm um meine Schulter und fährt dann mit der flachen Hand über meinen Rücken. Mein Magen zieht sich unter ihrer Berührung zusammen und sie fragt, wie es mir geht. Als ich bemerke, dass sie mich anschaut, versuche ich zurück in die Realität zu finden, sehne mich nach einer Antwort auf ihre Frage, doch nichts fällt mir dazu ein, und deshalb zucke ich nur mit den Schultern. Sie meint, dass es sicherlich schwer für mich sei, mit der neuen Situation zurechtzukommen, aber dass sie stolz sei, wie erwachsen ich mit den Gegebenheiten umgehe. Ich starre weiter auf den Boden und hoffe, dass sie aufhört, mich zu berühren, und als ich dann doch mal auf das Wasser blicke, presst sie ihren Arm mit einem leisen Seufzer wieder an ihren Körper. Sie sagt jetzt, dass es Zeit sei, mir etwas über den Verbleib meines Vaters zu erzählen, da ich ein Recht drauf hätte, alles zu erfahren. Mir fällt eine Ente auf, die von den anderen Enten weggedrängt wird und nichts von den Krumen abbekommt, welche aufgedunsen an der Wasseroberfläche treiben, und das macht mich alles furchtbar traurig und ich muss mich zusammenreißen, nicht loszuheulen. Als meine Mutter mir sagt, dass mein Vater wohl nun endgültig nicht mehr wiederkommen werde, da er gestern in einen Flieger nach Saigon gestiegen sei, um mit seiner jetzigen Partnerin in Asien ein neues Leben zu beginnen, rinnen dann doch einige Tränen über meine Wangen. Und wir beide stehen stumm vor dem Fluss und starren auf sein dahinfließendes Wasser, bis meine Mutter in ihre schwarze Kunstlederhandtasche greift, einige Sekunden darin herumsucht, um schließlich eine kleine Schachtel daraus hervorzuziehen, die sie mir in die Hand drückt. Dies, sagt sie, habe mein Vater ihr vor einigen Tagen mit der Entschuldigung überreicht, keine Zeit mehr zu haben, mich noch einmal zu sehen. Ich solle den Inhalt der Schachtel in Ehren halten, ihn und unsere gemeinsame Zeit nicht vergessen, denn vielleicht sehe man sich ja auch mal wieder. Die Schachtel ist aus grauem Kartonpapier und wiegt schwer in meiner Hand, und als ich sie öffne, liegt dort, gebettet auf weißer Watte, eine von Grünspan überzogene Taschenuhr mit Sprungdeckel. Als ich ihn aufschnippen lasse, um das Ziffernblatt zu betrachten, fällt mir nicht nur auf, dass die Zeiger stehengeblieben sind, sondern ich bemerke auch die kursiv in das Metall geprägte Gravierung an der Innenseite des Deckels mit den Worten *Omnia tempus habent.* Ich habe keinen Schimmer, was dies bedeutet, es scheint Latein zu sein, doch sicherlich hat sich mein Vater etwas dabei gedacht. Als meine Mutter mich fragt, ob ich mich über sein Geschenk freue, nicke ich mit dem Kopf, klappe den Deckel der Uhr zurück auf das Ziffernblatt und schließe die Schachtel. Saigon – nun also hat er es geschafft, sich zu verpissen. *Weg von hier.* Und obwohl ich keine Vorstellung habe, wie es dort aussehen könnte, klingt der Name schön und ganz anders. Anders als all das hier, und ich bin sogar ein bisschen neidisch auf ihn.

Später fahren wir in das italienische Eiscafé unserer Stadt und ich versuche wenigstens etwas von dem Erdbeereisbecher, der vor mir auf dem Tisch steht, hinunterzubekommen. Meine Mutter ist bereits bei ihrem vierten Grappa angelangt und draußen auf der Straße schieben sich schwerfällig die Autos vorbei. Ich zerbreche mir die ganze Zeit den Kopf über die Bedeutung der Gravur und bin gleichzeitig peinlich berührt von dem hilflosen Versuch meiner Mutter, diesem Tag etwas Besonderes zu verleihen. Das Zischen der Espressomaschine hinter der Bar reißt mich aus meinen angestrengten Überlegungen. Wir sind allein, kein anderer Tisch ist besetzt, und ich weiß nicht, wie lange wir noch so bekümmert zusammenhocken, doch irgendwann stehen wir wirklich auf und gehen durch das Café auf die Ausgangstür zu. Ich frage meine Mutter, ob sie mir eine Schachtel Zigaretten kaufen würde, sie nickt und geht zu dem Automaten, der vor der Tür zu den Toiletten steht. Ich begebe mich hinaus auf den Fußweg. Meine Mutter folgt mir nach einigen Sekunden vor das Café und überreicht mir die Packung Zigaretten, indem sie länger als nötig meine Hand dabei umfasst. Ich blicke an ihr vorbei und schweigend stehen wir uns eine Weile gegenüber. Sie versucht mir in die Augen zu schauen und ich merke, dass sie irgendetwas Nettes sagen will, doch dann verwirft sie diesen Plan, indem sie einen Schritt von mir zurücktritt, und komischerweise nervt mich das. Ich winde mich aus dieser furchtbaren Situation, indem ich sage, dass ich ganz schnell zu Monti müsse und dass mir die Sache mit Vati leid tue. Dann lasse ich sie am Bürgersteig stehen und beschleunige meinen Schritt kontinuierlich, je weiter ich mich von ihr entferne. Als ich mich im Laufen noch einmal zu ihr umschaue, steht sie als eine immer kleiner werdende Silhouette noch am selben Fleck vor dem Café und blickt in meine Richtung. Jetzt hebt sie den Arm, um mir zuzuwinken, und ich beginne zu rennen und während ich die Straße hinunterhaste, frage ich mich, ob das alles schon immer so war. Auf einmal beginnt es von dem wolkenlosen Himmel herab zu regnen, und der Regen ist warm und angenehm und erfüllt die Luft mit einer lange vermissten Atmosphäre.

Nachdem der Regen aufgehört hat, laufe ich noch eine Weile ziellos durch die Gegend, um letztendlich im Proberaum von *Pandadöner* zu versacken. Dort kaufe ich von einem der verpeilten Gitarristen etwas Ketamin und ziehe mir jetzt, hineingepresst in einen Sessel, alle Viertelstunde eine Line rein. *Pandadöner* ist eine lokale Combo, die für ihre schrägen Shows bekannt ist, doch haben sie es noch nie zu einem Konzert außerhalb unserer Stadt geschafft, da sie dies organisatorisch nicht hinbekommen würden, denn dazu sind sie alle zu sehr unterwegs. Meine Nase gibt irgendwann den Geist auf, und als niemand mehr die Instrumente bearbeitet und alle nur noch am Kiffen oder am Ziehen sind, beschließe ich, zu Monti zu gehen. Der ist aber nicht aufzufinden und deshalb fahre ich endlich nach Hause. Meine Mutter ist, wie erwartet, nicht da, aber auf unserem Küchentisch hat sie einen Zettel für mich hinterlassen. Darauf bittet sie mich, die Reste des Auflaufs, den sie heute Morgen gekocht hat, in der Backröhre aufzuwärmen, und da ich mich nicht erinnern kann, wann ich, außer dem halben Eisbecher heute Nachmittag, das letzte Mal etwas gegessen habe, befolge ich ihren Ratschlag.

Ich esse im Wohnzimmer und sehe mir dabei einen sehr informativen Bericht über Robomotten im Fernsehen an. Robomotten sind vom Menschen originalgetreu nachgebaute Modelle verschiedener Insektengattungen, und bei Testversuchen in einem Windkanal offenbaren diese den wissbegierigen Forschern hochinteressante Erkenntnisse über das Flugverhalten ihrer lebenden Artgenossen. Die Verwirrung einer Fliege, die rücklings an ein kleines Stöckchen geklebt wurde, ist für mich besonders schockierend. Animiert durch einen Bildschirm, welcher in giftgrünen Pixeln die unter ihr dahinsausende Erde vortäuschen soll, glaubt sie tatsächlich an ein Leben in Freiheit. Sie fliegt hochmotiviert auf ein imaginäres Ziel zu, doch findet letztendlich keine Bewegung statt. Hochempfindliche

Computertechnik misst in Echtzeit die Anzahl ihrer Flügelschläge. Und ich muss den Ton leiser stellen, da mich die monotone Stimme des Erzählers und das panische Summen der Fliege fast in den Wahnsinn treiben.

In der Nacht träume ich von haifischgroßen Robomotten, die mich verfolgen, um mir mit ihren schwarzen metallenen Rüsseln das Blut auszusaugen. Als mich endlich die Größte von ihnen durchbohrt, sehe ich mich schreiend und millionenfach gebrochen in ihren riesigen Facettenaugen. Sterbend blicke ich mit gekrümmtem Körper in den über mir brodelnden Himmel, und dort steht in flammenden Lettern mein Name geschrieben. Ich wache schlagartig auf, fange an zu weinen und werde dabei umhüllt vom grauen Licht des Morgens, das durch das Fenster in mein Zimmer fällt. Und ich starre, ohne wieder Schlaf zu finden, einsam und verwirrt in die Leere meines Zimmers und belausche die Stadt, welche allmählich erwacht.

Rasende Kopfschmerzen bestimmen den weiteren Vormittag und deshalb stehe ich erst gar nicht auf, sondern starre an die Decke meines Zimmers. Als später das Telefon klingelt, versuche ich mir gerade Asics Hände vorzustellen. Sie gleiten über die Innenseite ihrer gebräunten Oberschenkel und die Form ihrer Handknochen, von denen sie einmal sagte, sie seien eine Art Makel. Das Läuten dringt weiter periodisch aus dem Wohnzimmer zu mir und ich weiß, dass ich nicht rangehen werde. Unten auf der Straße entfernt sich fließend das Geräusch einer abfahrenden Tram Richtung Zentrum, und im obersten Fach meines Kühlschranks, das weiß ich, liegt noch ein halbes Gramm C. Ich beruhige mich ein wenig und beschließe, zu Kumar ins Krankenhaus zu fahren, der dort eine Lehre zum Krankenpfleger macht und so unter anderem an die besten Schmerztabletten rankommt. Nach einer kalten Dusche, einem kleinen Kaffee, vier Zigaretten und einer ordentlichen Line C tanze ich zwar noch mit Schmerzen, aber auch neuen Mutes die Treppen hinab. Ich hoffe, dass mich die Fahrt zum Krankenhaus ein wenig aufmuntert, indem ich mich vielleicht aus einem der oberen Fenster der Tram hänge und mir den Fahrtwind ins Gesicht blasen lasse.

Angekommen muss ich vor der Tür des Hospitals eine ganze Weile wie bescheuert hin- und herspringen, damit sie sich irgendwann elektronisch betrieben öffnet. Ich gehe, dem Portier an der Information freundlich zunickend, durch die mit weißen Fliesen ausgelegte Empfangshalle, in der rechts ein Friseur und ein kleiner Zeitungsladen liegen. Der Lift, mit dem ich nach oben in die dritte Etage fahre, hat keine Spiegelwände und deshalb stiere ich auf eines dieser schmutziggrauen, streichholzgroßen Kästchen, welche die gummiähnliche Unterlage, auf der ich stehe, formen. Die Tür schiebt sich irgendwann, untermalt mit einem warmen *Bling,* nach rechts auf und ich habe die Möglichkeit, nach draußen zu treten. Ich verlasse den Fahrstuhl und schaue mir eine Weile noch Fotos von künstlichen Kniegelenken und Beinprothesen an, die an den weißen Wänden aufgehängt sind. Danach gehe ich zur Oberschwester mit dem eckigen Gesicht und frage nach dem Auszubildenden Kumar. Sie öffnet den Mund, doch bevor sie mir antworten kann, steht Kumar auf einmal direkt neben mir. Die Oberschwester blickt ihn fragend an, und ich grüße ihn, indem ich mich ihm zuwende und ihm schlapp die rechte Hand gebe. Er grüßt mich ebenfalls und jetzt nickt er der Oberschwester mit dem eckigen Gesicht zu, welche hinter uns herstarrt. Ich frage Kumar, ob er mir ordentliche Schmerztabletten und ein paar Benzos besorgen könne, und er bejaht meine Bestellung. Er verschwindet in einem kleinen Raum und kommt wenige Minuten wieder heraus, um mir ein kleines Döschen mit Tabletten in rot und blau in die Hand zu drücken. Licht bricht sich in den kleinen Schweißperlen über seiner Oberlippe, und als er jetzt beginnt, mir von der Party am gestrigen Abend zu erzählen, lasse ich das Döschen in meiner Hosentasche verschwinden. Jemand sei, so sagt er, mitten in der Nacht vor seinem Haus von einem Auto überfahren worden. Er habe es oben in seinem Zimmer, gerade als er an einem Joint baute, unten auf der Straße knallen gehört. Nach einem Blick aus dem Fenster sei er mit Lousenne dann runter auf die Straße gerannt, aber da legte schon irgendein Typ seine Jacke über das Gesicht des Verunfallten, der mitten auf dem Asphalt lag. Lousenne behauptet zwar steif und fest, dass sie noch seinen Fuß rumzucken gesehen habe, aber Kumar ist der Überzeugung, dass der Typ auf der Straße bereits mausetot war. Jetzt grinst er übers ganze Gesicht und seine Augen glänzen dabei, denn er weiß zu genau, dass ich mich jetzt schwarz ärgere, dieses Spektakel verpasst zu haben. Ich habe noch nie einen Toten gesehen.

Auf einmal sagt Kumar sehr einfühlsam, dass ich ihm folgen solle, und legt mir beruhigend seine Hand auf die Schulter. Ich gehe brav hinter ihm her, bis wir vor irgendeinem der unzähligen Krankenzimmer verweilen. Kumar öffnet die Tür einen Spalt breit und blickt hinein, um mir kurz darauf mit dem Kopf zuzunicken, was wahrscheinlich bedeuten soll, dass alles okay ist und wir in den Raum hineingehen können. Kurze Zeit später stehen wir vor einem Bett, in dem eine alte Oma liegt, und ich starre wie gebannt auf ihren Mund, welcher geöffnet und ohne Zähne wie ein schwarzes Loch in ihr Gesicht gebohrt ist. Es riecht süßlich und schwer und Kumar beginnt, an den komischen Schläuchen und Schaltern der Maschine, die neben dem Bett steht, herumzufummeln. Er drückt hier und da und auch mal dort und murmelt, als er seine Visite beendet hat, irgendetwas Schweinisches über den dürren Körper der Oma, der sich wie ein Strich unter der Decke abzeichnet. Die Hände in seine Hüften gestemmt, blickt er jetzt wie ein Irrer auf den verwelkten Leib hinab und gesteht mir, dass sie wohl heute noch nicht sterben werde. Ich tue so, als sei es mir egal und zucke mit den Schultern. Bevor wir uns später im Eingangsbereich des Spitals mit einer Umarmung verabschieden, gehen wir noch mal schnell in das Bereitschaftszimmer, in dem Kumar immer abhängt, wenn er Nachtdienst hat. Wir ziehen beide noch eine Line C und verabreden uns für morgen zu einer der letzten Badesessions des Sommers, dann bedanke ich mich bei ihm für diesen tollen Vormittag und mache kurze Zeit später und drauf wie eine Kuh wirklich den Abgang.

Als ich das Krankenhaus verlasse, hat der Himmel sein tiefstes Blau aufgetan. Am Horizont türmen sich Wolken auf und die Luft riecht nach Regen. Die Vögel sind verstummt und nicht zu sehen, auch nicht in den Bäumen, deren Blätter hörbar aneinanderschlagen. Diese gesamte Kulisse macht mir auf einmal irgendwie Angst und ich laufe zügig zur überdachten Tramstation vor dem Krankenhaus. Die Wolken zerplatzen schlagartig, als ich geschützt darunter stehe und die vom Himmel fallenden Tropfen rauben mir die Sicht. Ich starre wie blind in dieses bezaubernde und verwaschene Nichts, und als der Regen nach einigen Minuten weitergezogen ist und die Sonne allmählich wieder durch den Himmel bricht, herrscht eine beklemmende Stille über der Stadt. Von Ferne höre ich das Klingeln der Tram, und als ich dann in ihr sitze und aus dem Fenster schaue, sehe ich in einem Park auf einer Wiese einen Punk mit freiem Oberkörper. Er lässt einen schwarzen Drachen in den klaren Himmel steigen, und ich schiebe meine Sonnenbrille vor die Augen und fange grundlos an zu heulen.

~

Ich fordere die Vier, bekomme das Bestellte und setze mich zu Kumar an den Tisch, in diesem Fast-Food-Restaurant, dessen Namen ich mir nie merken werde. Ich schlage die Pennerzeitschrift auf, die mir eine Roma-Frau, welche ganz und gar nicht bedürftig aussah, auf dem Weg hierher andrehte. Die Seiten überfliegend, versuche ich zu ergründen, warum ich mich immer wieder erweichen lasse, dubiose Zeitschriften namens *Kippe* oder *Berberglück* zu kaufen, denn diese Gossenliteratur lese ich eigentlich nicht. Kumar gafft ungerührt und total drauf auf den Klumpen Fleisch, der vor ihm schlummert, ich nippe an meiner Cola und versuche mich jetzt krampfhaft auf den gewaltigen Fernseher am Ende des Raumes zu konzentrieren. Nach einer Ewigkeit reiße ich mich von der Moderatorin mit dem tiefen Ausschnitt, die das Wetter bekannt gibt, los und beobachte das Pärchen am Tisch schräg gegenüber, das sich gegenseitig mit Eis füttert, und könnte vor Ekel kotzen gehen. Ich muss mir ein Schluchzen verkneifen, damit Kumar nicht auf dumme Gedanken kommt, doch irgendwie hat er etwas von meinem Gefühlsausbruch mitbekommen, jedenfalls schaut er jetzt nicht mehr den Fleischklops, sondern mich an und wir brechen kurze Zeit später auf.

Seit zwei Jahren beschließen wir den Sommer mit einem unterhaltsamen Schauspiel und deshalb bin ich jetzt mit Kumar auf dem Weg zu der Eisenbahnbrücke, die einen Nebenarm des Flusses unserer Stadt überspannt und an dessen Ufer ein Bootsverleih in diesen letzten wirklich heißen Tagen das Geschäft des Jahres macht. Somit wird es unter der Brücke viel Bewegung geben. Familien und besoffene Proleten werden über das Wasser treiben und uns, die wir auf der Brücke stehen, arrogant zuwinken, und meine Finger werden einen von Monti dort bereitgestellten Eimer voller Wasser mit Vorfreude auf das Kommende umklammern. Ich taste nach dem kleinen Briefchen mit C in meiner rechten Gesäßtasche, welches ich vorhin von Kumar bekommen habe, und versuche mit den Fingerkuppen auszumachen, wie viel von dem Zeug auf der Toilette des Fastfood Restaurants bereits den Weg durch meine Nase in mein Hirn gefunden hat.

Wir laufen vorbei an den Feldern vor der Stadt, welche sich schier endlos an den Horizont drängen, und die Hitze flimmert über den gelben Weizenähren. Die einzigen Laute, die sich in meine Gehörgänge verirren, sind das Summen der fetten Fliegen und das Rasseln meines schweren, unregelmäßigen Atems. Die Luft wir bald feuchter, Mücken dominieren nun die lokale Insektenpräsenz, es ist nicht mehr weit. Monti, der unten am Fluss zwei Plastikeimer mit schmierigem Wasser füllt, hebt lächelnd die Hand, als wir an der Brücke ankommen, und ich muss die Augen zusammenkneifen, um nicht durch das Blitzen seiner Zähne geblendet zu werden. Dieses Jahr ist nicht allzu viel los, die Ausbeute ist mager. Zwei Tretboote, vier Ruderboote und ein voll besetztes Floß mit einem regenbogenfarbenen Sonnenschirm, das nach unserer Wasserattacke, begleitet vom Geschrei der Leute in den Fluten versinkt, treiben den Nachmittag den Fluss hinunter. Ein wenig frustriert sind wir schon und deshalb ärgern wir, bevor wir uns endgültig auf den Rückweg machen, versteckt in einem Gebüsch neben den Schienen, eine Rentnergruppe, welche mit Wimpeln an den Fahrrädern an uns vorbei fährt, mit Steinwürfen. Kumar spendiert uns allen noch eine schöne Line, und nachdem wir die Eimer als Abschluss des heutigen Tages in den Fluss geworfen haben, pressen wir völlig unter Strom einige Minuten unsere Ohren auf die Schienen, doch es kommt kein Zug.

In der Nacht. Gegen drei Uhr. Ich bin voll auf Stoff und gerade dabei, meine CDs nach Erscheinungsjahren zu ordnen, als ich mich entschließe, Vivian anzurufen. Die Vorstellung, die gesamte Nacht hellwach in meinem Zimmer abzuhängen, finde ich nicht sehr erbaulich, und deshalb ziehe ich noch eine Line, bevor ich ihre Nummer wähle. Vivian ist wach, aber sie klingt müde. Eine Freundin ist bei ihr und sie schauen sich gerade gemeinsam einen Porno an. Ich offenbare ihr, dass ich noch etwas Stoff von Kumar habe, und deshalb würden sie dann doch beide gerne vorbeikommen. Wir könnten ja auch etwas unternehmen. In einen Club gehen oder so, ein paar Pillen und Gras habe Vivian auch noch zu Hause, wie beruhigend. Nachdem ich aufgelegt habe, rauche ich zwei Köpfe und lege mich auf mein Bett. Ich schaue durch das Fenster hinauf zu dem schwarzen Himmel und sehe dem Mond dabei zu, wie er sich durch die Sterne schlängelt. Ich denke an Asic und bin für kurze Zeit ziemlich bekifft. Eine Ewigkeit passiert nicht das Geringste, doch irgendwann quäle ich mich auf und irre in die Küche, dort nehme ich ein Glas von der Edelstahlplatte der Spüle, fülle es mit Wasser aus der Leitung und trinke es in einem Zug aus. Danach gehe ich zum Telefon, um Monti anzurufen und ihn zu fragen, ob er mitkommen will, doch niemand nimmt ab. Ich lege den Hörer auf, hebe ihn wieder ab und wähle Kumars Nummer, doch auch er ist nicht da, nur der Anrufbeantworter meldet sich mit seiner angsteinflößenden Maschinenstimme. Ich spreche auf das Band und frage somit Kumar, ob wir uns später in der Nacht am Einkaufszentrum treffen können, da ich nach dem Clubbesuch mit Vivian sicherlich Nachschub brauchen werde. Zurück in meinem Zimmer starre ich auf dem Teppich liegend weiter aus dem Fenster. Ich fühle mich etwas einsam und versuche über irgendetwas nachzudenken, doch kann ich keines von den Bildern halten, welche in meinem Kopf hin- und herrasen. Deshalb versuche ich ein wenig zu dösen, indem ich stumm blöde Lieder singe.

Vivian bittet mich zu fahren, was ich nicht ablehne, und nach einigen Runden durch die Stadt parke ich vor dem Club ein und bin ziemlich geil auf ihre Freundin, die ich die ganze Zeit während der Fahrt im Rückspiegel betrachtet habe. Besonders gefallen mir die bunten Bänder, welche sie sich in die Haare geflochten hat; über ihren Körper kann ich mir noch kein Urteil erlauben, ich hoffe aber, er ist nicht allzu perfekt, denn dann würde ich ein echtes Problem bekommen. Wir gehen in einen Club, der *Blue Velvet* heißt und der mir von Anfang an irgendwie spanisch vorkommt. Ziemlich viele Männer mit Lederjacken sind dort am Start, lehnen an der Bar oder lümmeln sich in eine der vielen Sitzgruppen hinein. Mir fällt auf, dass der totgesagte Schnauzer wieder schwer im Kommen ist, und deshalb schiebe ich mir mein Basecap noch tiefer ins Gesicht, um nicht weiter aufzufallen. Eine Treppe führt vom Erdgeschoss hinunter in den Club, aus dem man von hier oben Hits der achtziger Jahre hören kann. Vivian und ihre Freundin müssen öfter hier gewesen sein, denn sie schreiten zielstrebig die Stufen hinab und ich folge ihnen. Dann verschwinden wir alle erst mal gemeinsam in der Damentoilette und drängen uns zu dritt in einer der Kabinen um den Deckel des Klosetts und ziehen den Rest von Kumars Stoff weg.

Beide tanzen dann ungefähr eine Stunde und ich begebe mich zum wiederholten Mal zur Bar und bestelle einen Gin Tonic, dann noch einen Jägermeister und beschließe, mir noch eine Pille zu krachen. Vivian hat ungefähr fünfzig Stück davon in einem roten Samtsäckchen verstaut. Vorhin, bevor wir losfuhren, hat sie mir kichernd ihren Vorrat gezeigt. Ich hielt bereitwillig meine Hand auf und warf mir, bevor ich den ersten Gang einlegte, zwei von diesen Teilen ein. Den Rest steckte ich mir in die Hosentasche und fuhr dann mit zwei aufgehenden Sonnen in meinem Bauch los. Den Gin Tonic benutze ich jetzt zum Herunterspülen, den Jägermeister zum

Puschen der Pille, die mit einer Grinsekatze als Prägung verziert ist, dann schiebe ich die geleerten Gläser über den Tresen zurück zu dem Barkeeper. Mir fällt erst jetzt auf, dass er komischerweise keinen Schnurrbart trägt, sondern irgendwie ganz normal aussieht. Er passt gar nicht in dieses Etablissement und irritiert starre ich danach eine Weile auf die Lichtpunkte, die wie ein riesiger fluoreszierender Insektenschwarm zu meinen Füßen hin- und herschwirren. Die Musik fängt an, weh zu tun, und als ich mich zwingen kann aufzublicken, erschrecke ich furchtbar, denn direkt vor mir zuckt ein Typ zu den Bässen der Musik herum. Er trägt eine weiße hautenge Jeans, ein taubenblaues T-Shirt und reckt beim Tanzen seinen Hintern ganz weit raus, er bewegt seine Arme, als habe er Skistöcke in den Händen und sei gerade dabei, eine imaginäre Loipe entlangzugleiten. Bevor ich die Gesamtheit dieses Zerrbilds erfassen kann, dreht er sich um und schaut mich an. Plötzlich kommt er näher und ich drücke mich fester an den Tresen der Bar. Mein Herz fängt an, wie wild zu schlagen, und mein Magen hebt sich, als mich seine Augen wie zwei glühende Punkte fixieren. Irgendwie schaffe ich es, von dem Barhocker aufzuspringen und die Treppen nach oben zu rennen. Auf der Toilette im Erdgeschoss schlage ich mir kaltes Wasser ins Gesicht und versuche mich zu beruhigen. Fakt ist, ich bin fertig für heute und deshalb warte ich draußen noch ungefähr eine Stunde, bis Vivian und ihre Freundin die Stufen nach oben steigen. Erleichtert, unversehrt diesem Desaster entronnen zu sein, steuere ich dann durch die menschenleeren, dunklen Straßen und überlege, wie spät es sein müsste, denn die Uhr in Vivians kleinem Auto ist kaputt. Vivian und ihre Freundin küssen sich seit geraumer Zeit auf der Rückbank und Vivians Hand ist unter dem Oberteil ihrer Freundin verschwunden, streichelt sanft deren Busen. Ich denke an Sex mit den beiden und zünde mir eine Zigarette nach der anderen an. Das Licht über der Stadt ist aus einem kalten Blau, wir müssen jetzt unbedingt etwas C klarmachen, damit wir wieder hochkommen, und deshalb fahren wir zum Einkaufszentrum, um dort Kumar zu treffen.

Die regenbogenfarbene Leuchtreklame scheint in der dahinschwindenden Dunkelheit, und ich sitze mit Vivian und ihrer Freundin im Auto auf dem Parkplatz zwischen zwei Plastikhäuschen, in denen die eisernen Verstrebungen der ineinander geschobenen Einkaufswagen Teile der Leuchtreklame des Einkaufscenters reflektieren. Um uns herum wirbeln Fast-Food-Verpackungen in unsichtbaren Windhosen in die Höhe, wir warten seit einer halben Ewigkeit auf Kumar, der aber nicht auftaucht. Nach einer Weile erkläre ich den beiden, dass Kumar heute sicherlich nicht mehr kommt, da er anscheinend verrückt geworden ist, und dass ich morgen die Mühen auf mich nehmen werde, um nach ihm zu sehen. Obwohl ich geil auf Vivian bin, verabschiede ich mich von ihr und der Freundin, nachdem sie mich nach Hause gefahren haben – zu enttäuscht bin ich, heute nichts mehr zum Ziehen bekommen zu haben.

In der Wohnung angekommen, bemerke ich an meiner Zimmertür einen Zettel, den wohl meine Mutter dorthin geklebt hat. Neun Worte in schwarzen, kleinen Buchstaben sind darauf zu finden, eine schlecht übersetzte chinesische Weisheit, wohl einem Glückskeks entnommen. In der Mitte des Lebens sind wir alle verschuldet, steht dort, und ich starre eine Weile auf diese Botschaft und frage mich, was meine Mutter mir damit sagen will. Verwirrt öffne ich nach einer Weile die Tür, trete in mein Zimmer, gehe zu meiner Musikanlage und lege was Trauriges ein, dann setze ich mich aufs Bett. Über der Stadt ist der Himmel jetzt grau wie Blei, und mit jedem neuen Song wird es bedrohlicher da draußen. Mit jedem Song rückt für mich ein Zeitpunkt näher und der letzte Augenblick ist wie ein Trip, bronzefarben und summend. Irgendwann habe ich mich ausgeklinkt, und ich weiß nicht mehr, wann das war. Der Punkt, an dem ich mich jetzt befinde, war vorherbestimmt. Ich hatte nie eine andere Wahl.

Die Tage des einzigen Urlaubes mit Asic im Herbst letzten Jahres auf einer kleinen Insel in Thailand wurden noch von ihren Eltern bezahlt und waren bestimmt von einer schwebenden Sprachlosigkeit. Wir beide fühlten uns bereits nach einigen Tagen übersättigt, gefangen in einer Zwischenwelt, und waren permanent dicht von dem Gras, welches wir von einem einheimischen Typen mit gelbem Motorroller bezogen. Dieser hauste in einer staubigen Siedlung, welche hinter unserer Ferienanlage das Tor zu einer anderen Welt war. Dort lebten die Thais miteinander in ihrer fremden, für mich nicht nachvollziehbaren Gemeinschaft, und der Typ lief meist leicht wippend und den Kopf in den Nacken gelegt durch die Gegend. Er war immens stolz auf sein schrottreifes Moped, mit dem er, sooft es überhaupt möglich war, die einzige asphaltierte Straße des Dorfes entlang donnerte. Wenn er an uns vorbeirauschte, blickte Asic ihm lange nach, und ich konnte das nicht im Geringsten verstehen. Dieser Typ war ein Verlierer, auf dem falschen Kontinent geboren und eigentlich gar nicht ihr Fall. Irgendwas schien schon damals zwischen uns schiefzulaufen, und auch wenn Asic zu diesem Zeitpunkt noch clean lebte, war dies möglicherweise der schleichende Anfang vom Aus. Wenn der Typ mit dem Moped uns besuchte, um uns das Gras zu überreichen, nippte ich an meinem Ingwertee und beobachtete, wie seine Hand ständig über das dilettantisch gestochene Tribal Tattoo auf seinem rechten Oberarm strich. Nach den Deals, wenn er sich ewig nicht von unserer Veranda verpissen wollte, schleimte er in gebrochenem Englisch oft noch bewundernde Anmerkungen über Asics perfekten Körper in die abgestandene Luft. Und das machte ihn mir wahrlich nicht sympathischer, eher verspürte ich in seiner Gegenwart mehr und mehr das tiefe Verlangen, ihm seine braune Haut abzuziehen. Falls die brütende Hitze es erlaubte, fielen Asic und ich für ein paar Stunden erschöpft und ausgelaugt auf das Bett und flüchteten uns in einen kurzen traumlosen

Schlaf. In den Nächten ließen mich das Rascheln der Palmen und die Geräusche der tropischen Nacht oft schweißgebadet erwachen. Dann quälte ich mich von der Matratze auf, hinaus auf die Terrasse, hoffte auf einen kühlen Windhauch und stierte stundenlang auf das schwarze, gurgelnde Meer. Ich rauchte ohne Unterlass und beobachtete Asic, wie sie träumend schlummerte. Metallen glänzende Geckos quakten sich in diesen Stunden durch meine Einsamkeit, und alles wurde beworfen und müde umhüllt vom Licht des Mondes, der wie angepinnt über mir am schwarzblauen Himmel hing. Am Tage hingen wir meist schlapp und schweigend herum. Manchmal gingen wir runter zum Strand und trotteten mal in die eine und gelegentlich auch in die entgegensetzte Richtung. Ich streichelte einen der in Massen herumstreunenden Hunde, ohne mir Gedanken über Tollwut oder ähnlich gefährliche Krankheiten zu machen, und Asic sammelte weit entfernt von mir Muscheln. Irgendwann fuhren wir beide auf einem klapprigen Motorroller ins Nachbardorf und besuchten einen Laden, in dem in ellenlangen Regalen jeglicher erdenkliche Meeresplunder herumlag. Dort kaufte ich mir einen getrockneten sandfarbenen Seestern und für Asic eine Korallenkette, die ich ihr wortlos vor dem Geschäft in die Hand drückte. An einem der letzten Abende in Thailand, kurz vor unserem Rückflug, warfen wir uns dann den Trip, den ich sorgsam die ganze Zeit aufbewahrt hatte, und der Himmel begann nach kurzer Zeit zu brennen. Als es um uns herum dunkel und stürmisch wurde, liefen wir hinunter zum Wasser und rannten den menschenleeren Strand entlang. Wir wateten bis zur Hüfte ins Meer und die Wolken rissen über uns auf und heißer Regen peitschte in unsere Gesichter. Schwarzes Wasser umschäumte unsere Körper und ich zog Asic an mich heran und presste meine Lippen auf ihren Mund, der durch die Blitze vor mir auftauchte, um Sekundenbruchteile darauf wieder zu verschwinden. Ich spürte eine tiefe Verbindung zu ihr und ich mochte dieses

Mädchen, das sich die schwarzen nassen Haare aus dem Gesicht strich und meinen Hals umschlang.

Doch diese Erinnerungen verschwinden. Sie verblassen, langsam, wie Schnee auf den Wegen im Frühling, sie tauen wie der Frost auf dem Boden, den man nach einem Winter betritt, während die Sonne durch die noch blattlosen Bäume zu strahlen beginnt. Vieles, was zwischen Asic und mir in den Monaten, als wir zusammen waren, gesagt wurde, hallt in meinem Kopf wider. Vieles, was wir erlebten, scheint begraben und doch lebendig.

Oft muss ich an den Moment denken, als Asic zu mir sagte, wir sollten nicht zu hoffnungsvoll sein und dass sie mir schreiben würde, damit wir einander nie vergessen. Vielleicht könnten wir, so ihr Vorschlag damals, wenn sie in den Weihnachtsferien zurückkäme, über einen Neuanfang nachdenken. Auf einer anderen Ebene, clean und als reifere Persönlichkeiten. Wir beide saßen zu der Zeit bei ihren Eltern im Garten und starrten in die Flammen des Feuers, das in der Mitte der ausladenden Wiese des Anwesens brannte. Es war kalt im ausklingenden Winter und wir beide hüllten uns in dicke Decken, doch in der Luft konnte man bereits die Lebendigkeit des Frühlings riechen. Hinter uns lag das Haus, auf dessen Terrasse gedämpft die Geräusche der Party, zu der Asic zu ihrem Abschied geladen hatte, herüberdrangen. Der Nachtwind stieß in die Glut des Feuers und Funken stoben wie eine Säule nach oben zu den Sternen, die wie unzählige Nadelstiche im Firmament über uns hingen und die Unendlichkeit näherbrachten. Das alles war vor einem halben Jahr. Einige Wochen nach dem Gespräch mit ihren Eltern im *Guantanamera*. Ein Abend, der mir den Verstand raubte. Und manchmal, da ist mir, als kenne ich noch immer all die Winkel ihrer Seele, die Schluchten und auch die tiefste See. Über eingefahrenen Bahnen schleppen sich meine Gedanken zu ihr, und dann gleicht alles einer unendlichen Narkose. Betäubend und einschläfernd, aber auch angenehm und vertraut. Ich gleite durch die Tage und hinter mir verschwinden in schwarzen Wellen die Nächte. Was ich von der Zeit mit Asic noch in Erinnerung habe: Harte Küsse und schwüle Sommerabende, die ermüden. Besuche bei ihren Eltern, die stressen, ein Vater, der mich nicht mag. Seine nervöse Gattin und roten Wein in blinden Gläsern. Asic, die sagt, das wäre unser Blut und dabei traurig lächelt. Stille Kapitulationen und die konkave Form ihres Nabels. Meine Mutter, die versucht mich zu berühren, die Traurigkeit in ihren Augen, als ich genervt die Hand wegziehe. Koksen auf einer Zugtoilette und schneller Sex auf dieser Fahrt. Goldener Himmel und warmer Regen. Wir beide umschlungen, ein dunkles Meer. Vorbeifliegende Landschaften und ein Mädchen ohne Arme. Endlos gespiegeltes Licht der Sonne. Jemand, der vor Freude weint.

Kumar vertraut mir an, dass er keinen Bock habe, den Loser heraushängen zu lassen, und vergräbt dann schluchzend sein Gesicht in den Händen. In seinem Zimmer ist es schwül und stickig, er trägt eine ausgewaschene Jeans und ein T-Shirt, auf dem in abgewetzten Lettern etwas Englisches steht. Monti, der aufmerksam einen Comic studiert, liegt bäuchlings auf dem Teppich, und ich wundere mich noch immer über sein rosafarbenes Nicki aus Frottee. Als Kumar jetzt wie blind zu Boden starrt und irgendwas nicht Greifbares aus den Boxen dudelt, nehme ich meine Sonnenbrille von der Nase, die ich komischerweise noch immer trage, um sie vor mir auf die gläserne Tischplatte zu legen, dann versuche ich einigermaßen bestürzt auszusehen, da mir im Augenblick nichts Passenderes zu Kumars momentanem Gemütszustand einfällt. Eigentlich wollten wir heute alle gemeinsam auf eine Party gehen und ein bisschen Spaß haben, doch Lousenne hat, wie auch am gestrigen Tag, Kumar einen Zettel über ihre erneute Abwesenheit hinterlegt und lässt sich jetzt, so unsere Vermutung, einen dicken Negerschwanz unten reinschieben. Wie uns allen bekannt ist, erwirbt sie ihren Stoff mit dem Missbrauch ihres Körpers im Asylantenheim am anderen Ende der Stadt, und ich muss wiederholt darüber nachdenken, warum sie das schöne C von Kumar verschmäht und sich stattdessen diesen Dreck in die Venen drückt.

Während Monti mir jetzt kichernd versucht ein lustiges Bild von einer Comicente aus seinem sinnlosen Buch zu zeigen, winke ich ab und überlege laut, ob es für Lousenne nicht ratsam wäre, einen erneuten Entzug zu wagen. Kumar murmelt etwas Unverständliches, Monti schaut weiterhin vom Teppich zu mir hoch, und ich zucke mit den Schultern und zünde mir eine Zigarette an, wünsche, dass mir das hier alles irgendwie egal wird, doch nichts geschieht, nur Kumars Aquarium macht wieder einmal seltsame Geräusche. Nach einer Weile klingelt das Telefon. Kumar nimmt ab, spricht leise in den Hörer, und als er wieder auflegt, sagt er, dass sein Kumpel frage, wann wir endlich zu der Party kämen. Während daraufhin mein Blick an einem Fisch kleben bleibt, der gerade an der Schwanzflosse seines Artgenossen rumknabbert, wirft die metallene Stehlampe in Kumars Wohnzimmer marodes Licht über unsere Köpfe. Auf einmal flackert sie kurz und hörbar mit einem elektrischen Knistern auf, und ich muss wieder an den japanischen Geist denken, von dem Asics Vater besessen ist. Doch dann ist alles wieder in Ordnung. Der Raum wird gleichmäßig von gelbem Licht ausgefüllt, das wie eine farbige Folie an der Decke klebt. Da Kumar nur noch wenig C am Start hat, wir aber noch mehr ziehen müssen, zerhackt er großzügig auf dem Tisch drei Pillen, die wir uns reinballern. Dann noch zwei Bongs in den Kopf geschossen und Kumar wischt sich die Tränen aus seinem schokoladenfarbigen Gesicht, es wird Zeit aufzubrechen.

Als wir total verstrahlt auf der Party erscheinen, bin ich zu nichts mehr zu gebrauchen. Die Pillen drücken mich voll weg und deshalb stelle ich mich vor das CD-Regal im Wohnzimmer. Ich tue so, als studiere ich interessiert dieses Musikarchiv, doch eigentlich bin ich entsetzt über die Auswahl der dort zu findenden Tonträger, die alle Facetten des Bollywood-Kinos bedienen. Das amorphe Gemurmel der Leute auf dieser wirklich gut besuchten Party gleicht einer Qualle, welche mich umgibt, und widerwillig nehme ich unterschiedlichste Gesprächsthemen wahr. Es scheint, dass sich hier alle wie immer nur profilieren wollen, und da ich von der CD-Sammlung nichts weiter zu erwarten habe, fasse ich den Entschluss, mich diesem Treiben anzuschließen. Ich drehe mich abrupt um und stecke mir wieder einmal eine Zigarette an. Kurz und lebhaft flackert das Feuerzeug in meiner rechten Hand auf, dann atme ich ein und schließe meine Augen, um sie beim geräuschvollen Ausstoßen des Rauches, wieder zu öffnen. Ich lasse meinen Blick durch den Raum schweifen, bis er schließlich an Vivians Körper kleben bleibt. Mir war nicht bewusst, dass auch sie eingeladen wurde, und während ich versuche, die Verbindung von Vivian zu Kumar und seinen Freunden herzustellen, steht sie ebenfalls rauchend neben einem honigfarbenen Luchs, der ausgestopft auf einem Holzfass steht und mit seinen gläsernen Augen ins Nichts starrt. Ihre rechte Hand hat sie scheinbar unbewusst in sein gefletschtes Maul gesteckt und spielt an seinen spitzen Zähnen herum. Ein schwarzer Rock aus Seide umschlingt ihr Becken und das ebenfalls schwarze, schulterfreie Oberteil betont die geschwungene Form ihrer Taille und ihren üppigen Busen. Hohe Stiefel aus dunklem, edlem Leder und silbrig funkelnde Ohrringe runden ihre Erscheinung ab. Ihr Körper ist wirklich perfekt, so wie ihn sich jeder wünscht, und obwohl sie nicht viel in der Birne hat, verspüre ich schon wieder das Verlangen, ihr meinen Schwanz in den Hintern zu schieben. Ich nicke Vivian kurz zu, doch sie unterhält sich mit einem Typen, den ich nicht kenne. Kumar steht im Schatten einer gigantischen Plastikpalme links von mir, und als ein Typ mit Doppelkinn mich jetzt nach Gras fragt, verneine ich genervt. Allen Ernstes hakt er aber noch einmal nach und nur unter immensen Kraftanstrengungen schaffe ich es, eine Weile dämlich zu grinsen, ohne ihm eine reinzuhauen, und als ich ihm endlich sage, dass er sich jetzt verpissen könne, streckt er mir lächelnd seine Hand entgegen und säuselt, er heiße Antonio. Ich halte die Luft an und drücke mich panisch an ihm vorbei, denn ich habe auf einmal eine Scheißangst vor ihm. Fassungslos bahne ich mir daraufhin meinen Weg durch die Traube von degenerierten Partybesuchern, um dann irgendwie fehl am Platz in der Küche zu landen. Monti steht dort vor einem zum Büffet umgewandelten Tapeziertisch und deutet mit dem Zeigefinger darauf. Er murmelt mantraartig mir unverständliche Worte, doch als er mich erblickt, verstummt er. Ich versuche ihn ein wenig aufzumuntern, indem ich an den Tapeziertisch trete und ein Schälchen mit Müsli und Milch fülle, um es Monti in seine zitternden Hände zu drücken. Er stiert das Schälchen an, dann vorbei an mir ins Leere und so vergeht eine ganze Ewigkeit. Irgendwann dringen neue Stimmen laut zu uns in die Küche. Für den Lärm, der aus dem Wohnzimmer kommt, sind die Mitglieder von *Pandadöner* verantwortlich, die vor ein paar Minuten aus dem Treppenhaus hinein in die Wohnung traten. Ich habe von Kumar vorhin erfahren, dass Lousenne neuerdings gelegentlich in deren Proberaum abhängt und er die Vermutung habe, dass sie voll auf deren Drummer abfährt. Seine Sorge um ihren Heroinkonsum weicht allmählich der, betrogen zu werden, oder es ist einfach die Angst, von einem fünf Jahre jüngeren Typen mit Drumsticks abgezogen zu werden. *Pandadöner* sind heute gut in Fahrt, denn sie preisen den Partygästen lautstark ihre mitgebrachte Wodka-Red-Bull-Mischung an. Sie mixen dieses Teufelszeug in Heimarbeit und schleppen meist einen kleinen Kanister, gefüllt mit diesem Sud, durch die Kante. Dass ein täglicher Konsum dieses Gemischs nicht ohne fatale Nebenwirkungen bleibt, lässt sich an der zunehmend stärker werdenden Aggressivität von *Pandadöner* beobachten. Nach jeder Show, so erzählt man, suchen sie nach einer gepflegten Schlägerei, und wenn niemand zur Stelle ist, der in ihr Opferschema passt, hauen sie sich gegenseitig aufs Maul. *Pandadöner,* denke ich, ziemlich krass, schon allein der Name klingt gewalttätig. Nach weiteren gefühlten Stunden, die unbemerkt verstreichen, kommt Vivian zu mir in die Küche und flüstert etwas in mein Ohr, was ich nicht verstehe. Sie schaut mir dann ins Gesicht, lächelt lasziv, küsst mich auf den Mund und greift mir in den Schritt, so lange, bis ich eine Erektion bekomme. Dann dreht sie sich wieder um und läuft wie ein Model aus der Küche, und ich starre dabei auf ihren Hintern und sehe durch den transparenten Stoff ihres Rocks, dass sie keine Unterwäsche trägt. Ich drücke meine Zigarette aus und zünde mir sofort eine neue an. Auf der Toilette hat sich in der Zwischenzeit ein junges Mädchen die Pulsadern aufgeschnitten und wird, einen Namen schreiend, mit blutigen Handgelenken über den Flur getragen. Jemand scherzt lauthals über ihr kaputtes Schicksal und ich bekomme allmählich das Gefühl, dass die Party etwas außer Kontrolle gerät. Ich begebe mich ins Wohnzimmer, wo die Leute zusammen mit Vivian und *Pandadöner* Orangen an die Wände werfen, und ich schaue diesem Treiben ein wenig zu. Später, als alles vorbei ist, starre ich auf die nassen Flecken an der ockerfarbenen Wand und versuche, versunken in den grotesk aussehenden Gebilden, einen tieferen Sinn zu entdecken.

Als ich irgendwann aus meiner Trance erwache, erschrecke ich darüber, dass ich alleine in der Mitte des Zimmers stehe, und mache mich auf die Suche nach Monti. Die Küche ist leer, niemand steht mehr vor dem Tapeziertisch, auf dem die noch vorhin übersichtlich angeordneten Speisen auf einmal vermengt sind zu einem bunten, tropfenden Haufen Kompost, auch Kumar ist fühlbar verschwunden. Ich gehe über den Flur zurück in das Wohnzimmer und wird mir bewusst, dass die gesamte Wohnung leer und auch die Musik verstummt ist. Ich rufe nun wirklich stark verunsichert Montis Namen, doch der Ton meiner Stimme verfängt sich in den leeren Ecken der Zimmer und hallt zurück zu mir. Als mein Blutdruck rapide ansteigt und ich allmählich einen Kloß im Hals bekomme, beginnt es, von einem der anschließenden Nebenzimmer an die Wand zu klopfen, erst ganz leise und dann immer lauter und dumpfer, und jetzt bekomme ich wirklich ganz schön Schiss. Es wird Zeit, sich auszuklinken und sich schnellstmöglich von hier zu verpissen, und deshalb taste ich mich rückwärts und voller Angst aus dem Wohnzimmer hinaus auf den dunklen leeren Flur und von dort aus der Wohnung ins Treppenhaus. Auf der Straße angekommen, renne ich über lange Umwege nach Hause und frage mich dabei die ganze Zeit, ob ich

Asic jemals wiedersehen werde, was hier allmählich los ist, und ob ich nun auch von dem Geist ihres Vaters besessen bin. Schweißnass und einem Herzinfarkt nahe, komme ich zu Hause an und schleppe mich noch mit letzter Kraft die Treppen hinauf, um schließlich in meinem Bett endgültig den Geist aufzugeben.

Später in der Nacht schrecke ich wieder auf, denn ich habe einen Schuss gehört. Nicht dass mich das sonderlich überrascht, denn die gewalttätigen Auseinandersetzungen des Pennerpärchens in der Wohnung unter uns gehören für mich zum Alltag. Einige Stunden müssen vergangen sein, seit ich erschöpft ins Bett fiel, denn draußen beginnt es schon leicht zu dämmern. Ich stehe auf, öffne das Fenster und schaue vorsichtig hinunter auf die Straße. Der Pennermann lehnt ein Stockwerk unter mir, brüllt in die Nacht hinaus und feuert ein Leuchtspurgeschoss in die Richtung seiner Frau, die Haken schlagend die Straße hinunterrennt. Ich bereue in diesem Moment, meinen Fotoapparat Monti geliehen zu haben, denn somit bin ich nicht in der Lage, diesen Höhepunkt einer Ehekrise festzuhalten. Die Alte verschwindet weit hinten in der Nacht und auf einmal, verwundert über die plötzliche Stille, bemerke ich, dass unter mir der Pennermann auf mich aufmerksam geworden ist. Seinen Kopf verrenkend schaut er hoch zu mir, schnalzt ganz komisch mit der Zunge und nestelt nervös mit den Fingern an seiner Knarre herum. Da mir nichts anderes einfällt, frage ich ihn, was so geht, bekomme daraufhin aber keine Antwort. Eine Unendlichkeit lang geschieht nichts, er schaut nach oben, ich nach unten, und entfernt höre ich einen Zug ins Nirgendwo brausen. Nach einer Weile ist er jedoch von mir etwas gelangweilt, denn er blickt noch einmal hinunter zur Straße und stößt einen kräftigen Rülpser in den aufkeimenden Morgen hinaus, bevor sein nackter fetter Oberkörper wieder in der Wohnung verschwindet. Gut, sollen sie sich von mir aus die Schädel einschlagen, solange sie mich in Ruhe lassen, denke ich und schließe das Fenster. Ich stehe noch eine Weile in meinem Zimmer und lausche gespannt auf die Geräusche in der Wohnung unter mir und am Horizont hebt sich der Tag in die Wolken hinauf. Der Typ scheint sich beruhigt zu haben, denn ich höre nur die gedämpften Stimmen aus dem Fernseher in seinem Wohnzimmer, und als ich mich wieder in mein Bett lege, starre ich schon in den kaltblauen Schimmer des Morgens. Es beginnt leicht zu regnen, leise prasseln die Tropfen gegen das Fenster.

Am Nachmittag, nachdem ich mir von Kumar noch etwas C klar gemacht habe, treffe ich Monti in der Stadt. Er hängt mit irgendwelchen Typen an diesem stinkenden Springbrunnen auf dem Markt ab und ich bemerke ihn erst, als er rufend und winkend hinter mir herrennt. Er trägt ein marineblaues T-Shirt über dem schmächtigen Oberkörper, auf dem ein fetter Hai sein Maul aufreißt, und ich befürchte, es leuchtet sogar im Dunkeln. Total außer Atem umarmt er mich und fragt mit ziemlich fetten Pupillen, ob ich nicht Bock hätte, mit ihm heute Abend zu so 'nem Konzert zu gehen, wo ein abgedrehter Typ mit Pudelfrisur in Klarinetten und Saxophone bläst. Das Ganze soll sich dann *Free Jazz* nennen, und da ich nichts weiter vorhabe und mein kulturelles Level eh am Arsch ist, sage ich zu und wir verabreden uns für halb acht, dann gehe ich nach Hause. Als ich in die Wohnung trete, klingelt das Telefon und ich muss mich zusammenreißen, damit ich Monti durch den Hörer nicht zusammenscheiße, da er auf einmal total gehetzt von einem früheren Konzertbeginn faselt und mich bittet, ihn von zu Hause abzuholen. Ich bin zu gut für diese Welt, denn ich sage mürrisch zu, lege auf, stiere an die Wand und überlege mir, in welchem Outfit ich heute Abend dort erscheinen soll. Sicherlich gibt es auch Tussen, die auf Jazz abfahren, also entscheide ich mich für meinen schwarzen Anzug und das knallgelbe Basecap.

Nachdem ich fast mit einem kleinen Jungen zusammengeprallt wäre, da eine ziemlich heiße Tusse meinen Blick vom Fußweg auf die andere Straßenseite lenkte, bleibe ich vor dem Haus stehen, in dem Monti wohnt, und bin der Meinung, dass man eine straff organisierte Schleierpflicht für Frauen auch in Deutschland erwägen sollte. Die Kinder sind doch im Straßenverkehr ihres Lebens nicht mehr sicher. Ich betätige dreimal kurz die Klingel, streiche mir mein Haar zurück, bevor ich mir das Cap wieder aufsetze und ins Gesicht ziehe. Ich bin ein bisschen traurig, da mein Bartwuchs zu wünschen übrig lässt, ich hätte gern einen dezenten Bart, so am Kinn vielleicht. Nach ungefähr fünfzig Jahren bequemt sich Monti aus der Haustür und wir gehen zusammen zur Tramstation.

Als wir an der Location, einem großen schwarzen Turm, ankommen, begutachten wir zuerst die Besucherklientel dieser Veranstaltung, und ich muss erheblich mit mir kämpfen, damit ich nicht voller Panik die Kurve kratze. Das hiesige Angebot an halbwegs ansehnlichen Frauen ist gleich null, schlimmer noch, Tussen mit blumigen Haarreifen philosophieren mit ihren theaterwissenschaftsstudierenden Mackern über die Probleme dieser Welt, parallel dazu gibt es verträumte Blicke und gestreichelte Wangen, Perversion in einer ihrer bizarrsten Blüten. Monti zieht mich in eine Ecke dieses gewaltigen Bauwerks, wir rauchen noch eine Tüte und warten dann ziemlich bekifft vor dem Einlass, der Gott sei Dank auch bald seine Pforten öffnet, dann treten wir ein. Wir befinden uns jetzt auf einer Art Zwischendeck mit einem riesigen Loch in der Mitte, um das eine Mauer aus grauem Stein steht, welche mir bis zum Solar Plexus reicht und zum Hinunterschauen einlädt. Sämtliche Besucher, auch wir, stehen an dieser Brüstung und blicken nach unten, denn dort ist in der Mitte ein Tisch aufgebaut, auf dem zwei Saxophone, zwei Klarinetten, verschiedene Pflegemittel für diese Instrumentengattung und ein Glas Wasser zu finden sind. Aha, denke ich, dort soll also dieses verpudelte *Free-Jazz*-Teil steigen, und ich muss zugeben, mein Interesse ist geweckt. Ich analysiere die Leute, die auf der umsäumenden Treppe des unteren Saales Platz genommen haben, und stelle mir vor, ich sei ein römischer Imperator, vor dessen Augen gleich ein paar Sklaven rasenden Bestien zum Fraß vorgeworfen werden. Meine Brust schwillt merklich an, doch Monti jammert plötzlich, dass sein Bauch schon jetzt von dieser Mauer ganz kalt sei, und ich schließe meine Augen und frage ihn, ob er meinen Pullover haben möchte, um ihn sich vor den Leib zu binden. Er verneint – was anderes habe ich auch nicht erwartet – und der Typ neben mir fragt mich, ob ich einen zuckerfreien Bonbon lutschen möchte. Ich schaue ihm vermutlich ziemlich verständnislos ins Gesicht, denn er formuliert seine Frage zum zweiten Mal und ich nicke wie in Trance und nehme den Bonbon entgegen. Mir gefallen seine Hände, sie sind sehr fein, recht bleich und durchzogen von Rollvenen. Man kann ihm gewiss schlecht Blut abnehmen.

Das kollektive Murmeln verstummt, denn der Meister des *Free Jazz* betritt den Saal. Er hat wirklich Ähnlichkeit mit einem Pudel, denn seine Haare sehen aus, als wären auf seinem Kopf einige Blitzknaller explodiert, dann ergreift er als Erstes das Altsax vom Tisch. Bis jetzt kein Blick zum Publikum, geschweige denn ein Wort, die Augen geschlossen leckt er bestimmt vier Stunden an dem Mundstück rum, dann geht es los. Alle Achtung, es beginnt ziemlich simpel, ein paar Töne, die harmonisch rüberkommen und sich entlang des Gemäuers nach oben schrauben. Die Akustik ist göttlich, selbst Monti gafft jetzt abwärts, nur sein Mund, welcher unkontrolliert zuckt, zeigt mir, dass er nicht ganz bei der Sache ist. Die einzelnen Harmonien mutieren zu krassen Tongebilden, die mich mit einem pulsierenden Summen ausfüllen und in meinem Kopf rotiert ein hochfrequentes Schwirren. Des Meisters Kopf da unten ist knallrot und während er spielt, läuft er wie in Trance hin und her. Jetzt bläst er uns ein kleines Inferno entgegen, geht dabei etwas in die Knie und springt dann in die Luft. Die Resonanz der Töne läuft mir das Rückgrat hinunter, und ich schwanke zentimeterweise hin und her. Dann beobachte ich einen Typen unter mir, der, drapiert mit einer komischen Mütze, aus einem Glas Marmelade frisst und es sich alle fünf Minuten heftig auf den Kopf schlägt. Vor dem letzten Stück, welches der Meister für uns spielen möchte, ist es ihm wichtig, uns mitzuteilen, dass er es für seinen besten Kumpel schrieb, der vor zwei Jahren das Zeitliche segnete. Gott sei Dank verfällt er daraufhin nicht in eine geschmacklose

Melancholie, sondern beendet seine Erinnerung mit einem schlichten Brummen in das Sax, um dann wieder wie von Sinnen in das selbige zu pusten.

Als Monti und ich nach dem Konzert aus dem Turm in ein beispielloses Abendrot treten, sind wir ziemlich geplättet vom *Free Jazz* und Monti wünscht sich auch so eine abgedrehte Pudelfrisur. Am Himmel fliegt ein schwarzer Zeppelin in den Horizont und ich biete Monti eine Zigarette an, bevor ich mir auch eine aus der fast leeren Schachtel nehme. Wir geben uns gegenseitig Feuer und rauchen schweigend, berührt von diesem Ereignis. Das war ein guter Tag.

Dass nur das notorische Motorengeräusch in unseren Ohren rotiert, liegt an Vivians Unfähigkeit, Autoradios zu bedienen, doch ich unterdrücke eine entsprechende Bemerkung. Wir fahren zusammen zu einer Party von Kumar, um seinen Gewinn bei der Sparkasse zu feiern. Er hat dort etwas Kohle bei einer internen Lotterie gewonnen, doch ich denke, das ist nicht der Grund: Er schmeißt die Party, da er sich von seiner Verzweiflung über die Krise in der Beziehung zu Lousenne ablenken möchte. Und während Vivian in den dritten Gang schaltet, presse ich meine Stirn an die kalte Scheibe der Beifahrertür und stiere auf die vorbeifliegenden Häuser. Als wir in Kumars Straße angekommen sind, laufen Vivian und ich schweigend bis zu dem Block, in dem die Party stattfinden soll. In letzter Zeit, seit den ersten Herbsttagen, habe ich irgendwie keine Lust mehr auf sie, ihr geht es, so glaube ich, ähnlich, denn unsere Sexeskapaden sind kurz und unbefriedigend geworden. Ich onaniere öfter, als dass ich mit ihr schlafe.

Nach unserem Aufstieg werden wir brutal geblendet, als die Tür zu Kumars Wohnung geöffnet wird. Weißes Licht schießt heraus und eine Mädchenstimme mit schwerem Sigmatismus kreischt von drinnen etwas Unverständliches, dann zerspringt ein Glas in der Wohnung. Ich vermute, wir sind da, und deshalb treten wir ein. Vivian verkrümelt sich sofort, und ich versuche die Lage zu überblicken. Ich beschließe, erst einmal auf der Toilette zu verschwinden, um mir eine Bahn zu legen, und nachdem ich das erledigt habe, gehe ich durch den Flur in Kumars Wohnzimmer. Dort stehen viele Leute beieinander, einige kenne ich vom Sehen, und nach einer Weile bemerke ich auch Monti. Er kniet unter rotem Licht zwischen den einzelnen Gruppen von Leuten vor der Musikanlage im Wohnzimmer und inspiziert die CDs. Ausgewählte Exemplare zieht er aus der schier endlosen Reihe von Hüllen hervor und hält sie dann mit beiden Händen eine Weile fest umklammert vor seiner

Brust. Er betrachtet Vorder- und Rückseite des Tonträgers und gelegentlich huscht ihm ein Lächeln über die Lippen. Ein greller Schrei reißt mich aus meinen Beobachtungen und mir läuft ein kalter Schauer über den Rücken, als ich feststelle, dass Lousenne mich bemerkt hat und schnellen Schrittes von der anderen Seite des Raumes her auf mich zusteuert. Sie begrüßt mich mit einem feuchten Kuss auf die Wange. Mein Gott, was ist denn mir der los? Auf jeden Fall riecht sie nach Erde und Teebaumöl, scheint komplett drauf zu sein oder mich mit jemandem zu verwechseln, denn normalerweise wechseln wir kein Wort miteinander und unsere Antipathie füreinander ist das Einzige, was uns verbindet. Von Kumar habe ich gehört, dass Lousenne mit dem Schlagzeuger von Pandadöner nun endlich gefickt hat, und deshalb versuche ich herauszufinden, ob er auch auf dieser Party ist. Ich lasse meinen Blick an Lousenne vorbeischweifen, als Monti den Monolog von ihr unterbricht, indem er mich am Pullover zupft und mit dem Zeigefinger in eine Ecke des Raumes deutet. Aber dort gibt es nichts zu sehen, nur Dunkelheit und Leere, und Monti geht auf einmal hinaus auf den Balkon. Ich streiche mir mit beiden Händen die Haare aus dem Gesicht, schaue ihm nach und folge ihm einige Sekunden später. Dann lehnen wir beide an der Brüstung des Balkons und starren in die Nacht hinaus. Die Lichter der schlafenden Stadt funkeln wie ein riesiger Planktonschwarm vor unseren Augen und es ist so kühl, dass ich meine Arme wärmend an meinen Körper presse und mich dichter an Monti stelle. Es ist eine verworrene Welt, in der wir beide leben. Eine Welt, die sich ausdehnt und wieder zusammenzieht.

Das Erste, was ich am Morgen nach der Party höre, ist Vivians Stimme. Sie sagt, dass es absolut okay wäre, auf Stoff auch mal nicht zu kommen, denn das sei schon jedem einmal passiert. Tröstende Worte, nachdem ich gestern, nach Kumars immer krasser werdender Party, über ihrem Körper regelrecht zusammengerutscht bin. Vivian legt mir jetzt ihre Hand auf die Schulter und es tut weh, als sie das tut. Ich bin schweißgebadet, obwohl es in meinem Zimmer eiskalt ist. Das Licht um uns herum ist blau und verwaschen und ich versuche mich zu beruhigen. Als Vivian jetzt sagt, dass sie wisse, dass ich Asic nie vergessen werde, ist es das erste Mal, dass ich diesen Namen aus Vivians Mund höre. Auf einmal bin ich hellwach und ein Gemisch verschiedenster Art von Gefühlen aus dem Sektor Angst und Wahnsinn braut sich in meinem Bauch zusammen und ich suche instinktiv nach Worten der Rechtfertigung, doch bringe keines über die Lippen. Woher weiß Vivian von Asic? Diese Frage tätowiert sich in mein Hirn, als sie jetzt aufsteht und das Zimmer verlässt. Überfordert von dieser neuen Situation schließe ich die Augen. Erst sind es nur blasse Konturen, die sich sachte zu etwas noch Unbestimmbarem formen, doch schon bald ergibt diese Silhouette ein immer schärfer werdendes Bild. Als ich meine Augen erschrocken wieder öffne, erscheint vor mir Asics Gesicht und schwebt über mir im Raum. Es vibriert ganz leicht, so lange, bis es langsam verblasst und nicht mehr greifbar ist. Ich richte mich mit rasendem Herzschlag auf, als Vivian komplett angekleidet zurück in mein Zimmer kommt. Sie verweilt in der Mitte des Raumes, dort, wo mir eben noch Asic erschienen ist. Vivian schaut mich lange an, dann setzt sie sich neben mich und streicht mir durch die Haare. Sie sagt, dass es ihr leid tue, blickt dann stumm zu Boden und fährt leise fort, dass es keine Illusionen zwischen uns geben sollte. Traurig schüttelt sie nach einer Weile den Kopf und ihre Augen glänzen so, als würde sie gleich beginnen zu weinen. Ich stehe auf, lasse sie allein auf dem Bett sitzen und ziehe mich an, um sie so schnell wie möglich loszuwerden.

Unten im Treppenhaus angekommen küsse ich Vivian widerwillig auf die Stirn, versuche zu lächeln und ihr einen guten Weg nach Hause zu wünschen, doch eigentlich will ich nur im Briefkasten nach Post von Asic schauen. Vivian blickt aber an mir vorbei und sagt kein Wort. Ich trete einen Schritt von ihr zurück, setze an, noch irgendetwas Versöhnliches zu sagen, doch da ist sie schon auf dem Weg zum Ausgang, und ich blicke ihr ohne nennenswerte Emotionen hinterher. Die Tür zur Straße öffnet sich, und Vivian wird von der Welt da draußen verschluckt. Vor dem Aufstieg in meine Wohnung werfe ich einen Blick in den Briefkasten, ein Stapel Werbeprospekte flattert darin, kein Brief von Asic. Oben lege ich mich wieder ins Bett. Ich schüttele die Fratzen der letzten Nacht aus meinen Haaren, und mir fällt nach langem Überlegen nichts Sinnvolleres ein, als vielleicht wieder einmal Kumar anzurufen, um diesen Tag wenigstens halbwegs entkrampft über die Runden zu bekommen. Ich stehe auf und gehe ins Bad. Dort dusche ich mich abwechselnd heiß und kalt. Im Wohnzimmer rubbele ich dann meine Haare trocken und wähle Kumars Nummer. Während das Telefon seine klagenden Rufe durch die Leitung schickt, befallen mich erneut Gedanken und Erinnerungen an meine Zeit mit Asic. Kumar nimmt ab, jedenfalls vermute ich das, doch am anderen Ende der Leitung ist Stille. Niemand meldet sich. Ich warte noch ein, zwei Minuten, bis ich mich entschließe aufzulegen. Nachdem ich eine Weile total zerstört aus dem Fenster gestarrt habe, krame ich aus meinem Rucksack die letzten zwei Schmerztabletten heraus und spüle sie fieberhaft hinunter. Ich muss auf einmal an meinen Opa denken und daran, dass ich ihn einige Wochen nicht mehr gesehen habe. Auch mache ich mir auf einmal echte Sorgen um ihn, da er sich wirklich lange nicht gemeldet hat. Ich entschließe mich spontan, bei ihm vorbeizuschauen, aber noch bevor ich es schaffe, aus der Tür zu kommen, läutet das Telefon. Und getrieben von der Hoffnung, dass Kumar es geschafft haben könnte, meine Nummer zu wählen, reiße ich den Hörer von der Gabel und presse ihn an mein Ohr. Das Leerzeichen empfängt mich, niemand ist in der Leitung.

Mein Opa freut sich, dass ich gekommen bin, und ich trete ein und hänge meine Jacke an die Garderobe. Es ist dunkel in seinem Flur und das spärliche Licht, welches aus der Küche fällt, formt eine matt schimmernde Aura um seinen Körper. Anscheinend hat er ein wenig auf dem Sofa im Wohnzimmer gedämmert, denn seine wenigen Haare stehen wirr vom Kopf ab. Als ich ihn darauf aufmerksam machen möchte, zieht er schon seinen Kamm aus der Hosentasche und schafft seufzend Ordnung auf dem Haupt. Im ersten Moment ist es nur der Geruch von Bratkartoffeln und der seines Aftershaves, den ich wahrnehme, doch dieses Gemisch vermag nicht lange die süßliche Note des Verfalls, welche an den Wänden klebt, zu übertünchen. Ich streife meine Schuhe von den Füßen und stelle sie neben das dreibeinige Holztischchen, auf dem ein Telefon mit nostalgischer Wählscheibe steht. Ich öffne den Schrank mir gegenüber, um ein Paar Pantoffeln für mich zu entnehmen. Einmal tief durchgeatmet und dann schlurfen wir gleich einer kümmerlichen Karawane ins Wohnzimmer.

Nachdem ich eine Weile die Fotos an der Wand angestarrt habe, setzen wir uns an den mit einer Wachstuchdecke geschützten Esstisch. Die Motive der Fotos schwirren durch meinen Kopf und bestimmen meinen momentanen Gedankenfluss: Oma und Opa unter der Grande Arche in La Défense, sich umarmend vor einem in die Höhe schießenden Geysir in Island, eisleckend auf dem Trafalgar Square in London und blinzelnd am Fuße eines eisblauen Sees im Norden Dänemarks. Immer schauen sie Hand in Hand in die Kamera und man erspäht förmlich das schillernde Vertrauen und die grenzenlose Zuneigung, welche zwischen ihnen strömt. Sie sind Exemplare einer aussterbenden Generation, gebannt auf einem grotesken Altar aus Erinnerungen. Schleppend erzählt mir mein Opa jetzt, dass er seine alten Kontakte zur Stadtverwaltung spielen lassen habe und somit zu Beginn des nächsten Jahres tatsächlich eine Zivildienststelle auf mich wartet. Verwundert über sein Engagement bedanke ich mich zaghaft bei ihm und frage mich, was da wohl auf mich zu kommen wird, denn momentan kann ich mir unter dieser anstehenden Etappe meines Lebens nicht im Geringsten etwas vorstellen. Mein Opa wünscht mir viel Glück bei dieser kommenden Tätigkeit und meint noch, dass es mir dann vielleicht auch etwas besser gehen werde, denn eine Aufgabe brauche der Mensch im Leben und Arbeit forme den Charakter und habe noch niemandem geschadet.

Er sagt auch, dass er es aufgegeben habe, weitere Briefe an meine Mutter zu schreiben, da dies sowieso keinen Sinn ergebe. Seitdem er nun endgültig weiß, dass mein Vater nicht mehr aus Saigon zurückkommen wird, hat sich dieser Strang auch erledigt. Gestern habe er mit ihm telefoniert und auch soll er mir schöne Grüße von ihm ausrichten. Es herrscht eine ganze Weile Stille zwischen uns. Ich sitze perplex am Tisch. Irgendwann fasse ich mir ein Herz und frage ihn, wann er das nächste Mal auf den Friedhof möchte, das Grab meiner Oma, seiner verstorbenen Frau, zu besuchen, nur, um von diesem leidigen Thema endlich abzulenken. Vielleicht hätte ich dies nicht erwähnen sollen, denn es folgt keine Reaktion seinerseits, mein Opa blickt stumm aus dem Fenster, hinein in den dahinschwindenden Tag, und ich bereue es, ihn gefragt zu haben. Doch ich fahre gerne mit ihm auf den Friedhof. Ich mag die Stille dieses Ortes, diese endgültige Atmosphäre. Wenn wir, die wenigen Male, an die ich mich erinnere, zusammen die letzte Ruhestätte meiner Großmutter aufsuchten, habe ich immer einen Strauß Tulpen auf ihr Grab gebettet, diese mochte sie am liebsten. Mein Opa hat traurige Worte voller Liebe zu dem Marmorstein, auf dem ihr Name steht, gemurmelt, die Pappeln kurz hinter dem zu Boden schauenden Engel aus Stein begannen geheimnisvoll zu rauschen und ich verspürte das große Verlangen, mir mit den bloßen Händen ein Loch in die feuchte schwarze Erde zu graben. Beim Verlassen des Friedhofes hallten unsere Schritte, die auf den gekiesten Wegen knirschten, in meinem Kopf wider, und als ich jetzt einen Schluck Kaffee zu mir nehme, bemerke ich, dass der alte Mann im Sessel vor mir eingeschlafen ist. Diese Szene ist so stark und so drängend, dass ich meinen Blick abwenden muss. Ich erhebe mich behutsam aus dem Sessel, dann gehe ich zu seinem Telefontischchen und schreibe auf dem dort bereitliegenden Papier die Worte *Danke* und *Auf Wiedersehen,* um dann, nachdem ich den Zettel auf den Wohnzimmertisch gelegt habe, unbemerkt die Wohnung zu verlassen.

Auf dem Weg nach Hause laufe ich noch eine Weile ziellos durch die Stadt, rauche Zigaretten und beobachte später die Fenster des Häuserblocks, in dem ich wohne. Rechts oben zieht der Wind eine Gardine nach draußen. Sie flattert, berührt von ziegelrotem Licht, in der Sonne. Sonst ist alles still.

In der Nacht träume ich wieder von Asic. Ich träume, dass ich sie verfolge, und mein Blick ist gebannt auf den roten Schein entschwindender Rücklichter vor mir. Asic versucht zu fliehen, doch wird sie mich nicht los. Regen verwischt die Sicht auf die Straße und irgendwann schaffe ich es doch, sie abzudrängen. Lautlos gleiten wir hinein in ein Feld, dessen Ähren, groß wie Türme, bedrohlich hin- und herwanken. Dann stehe ich vor ihr, erregt und scheu, und sie öffnet mit geschlossenen Augen meinen Mund. Als sie mit ihren Fingerkuppen über meine Zähne fährt, regiert keine Angst mehr unsere Körper. Wir lieben uns so lange, bis ich irgendwann zusammengerollt erwache und in das Schwarz meines Zimmers starre. Mein Kissen ist nass. Ich habe wieder im Schlaf geweint.

Der drangsalierten Frau unseres Hauspenners begegne ich am nächsten Morgen, als ich gerade den Müll hinunterbringe. Das letzte Mal habe ich sie ja gesehen, als ihr Alter sie vom Fenster aus mit seiner Knarre auf der Straße niederstrecken wollte. Auch heute geht es ihr nicht besonders gut, denn sie steht wankend im Treppenhaus, ein Auge ist tiefblau zugeschwollen wie eine riesige Pflaume, und ihre Hände suchen Halt am Geländer. Sie riecht nach Alkohol und Katzenpisse, und als ich sie im Vorbeigehen frage, ob alles okay ist, wird sie auf einmal richtig hysterisch und krallt sich in meinen Arm. Ich solle um Gottes Willen auf keinen Fall die Bullen holen, denn sonst schlage sie ihr Alter zu Brei, und ja, sie sei schon lange nicht mehr in der Lage, klar zu denken. Jetzt jammert sie in einer Art und Weise, dass einem ganz übel wird. Und während sie mir das alles vorträgt, versuche ich mich von ihr loszureißen, doch sie lässt nicht locker und heult in einer Tour weiter. Endlich knicken ihre Beine ein, sie fällt auf die Knie und sinkt vor mir in der Ecke zusammen. Verstört stehe ich vor diesem Häufchen Elend, meine Hände zittern und mir fällt komischerweise ein, dass heute Sonntag ist. Kurz ist die Pennerfrau ohne Bewusstsein, doch dann öffnen sich ihre Lider wieder und sie blickt mich wie durch eine vernebelte Welt an. Rotz läuft ihr aus der Nase und ihre Tränen haben eine groteske Clownsmaske aus billigem Make-up in ihr Gesicht gemalt. Unten auf dem Hof höre ich Kinder lärmen und jetzt zieht sie mühsam aus ihrer Hosentasche ein benutztes Stofftaschentuch und versucht ihr Gesicht von den Tränen zu trocken. Mein Gott, sie sieht wirklich beschissen aus. Ich stehe immer noch wie angewurzelt auf dem Fleck, wo dieser Alptraum begann, und als sie sich beschwerlich aufrafft, um dann schluchzend die Treppen hinabzusteigen, beginne ich wieder zu atmen. Während sie Stockwerk für Stockwerk nach unten schlurft, höre ich sie immer wieder ein und denselben Satz wiederholen. Wie ein Mantra betet sie ihn vor sich hin, einen Satz, der mir zu gelten scheint. Sie wimmert ständig, ich sei doch noch so jung, wieder und wieder, so lange, bis unten die Haustür ins Schloss fällt. Ich warte noch eine Weile, um sicher zu gehen, dass diese Hexe sich auch wirklich verpisst hat, und dann renne ich total fertig die Treppen wieder hoch und versuche dabei zu verstehen, was sich gerade abgespielt hat.

Ich stoße die Tür zu unserer Wohnung auf, taumele in den Flur und schmeiße die Abfalltüten so heftig von dort aus in die Küche, dass sie aufplatzen. Dann renne ich in mein Zimmer und vergrabe mich unter der Decke in meinem Bett. Ich habe Angst und versuche einzuschlafen, doch dann höre ich, wie sich unsere Wohnungstür öffnet. Das kann nur meine Mutter sein, doch um diese Zeit kommt sie sonst nie nach Hause. Jetzt ertönt auch wirklich ihre Stimme. Sie ruft meinen Namen, etwas Furchtbares muss passiert sein. Unfähig, mich zu bewegen, geschweige denn ihr zu antworten, bleibe ich weiter unter der Decke auf dem Bett liegen und hoffe, dass ich mir das alles nur einbilde. Nun öffnet sich aber die Tür zu meinem Zimmer und dann spüre ich ihren Blick auf das Bett gerichtet, durch die Decke und direkt in mein Gesicht, und er ist heiß, durchdringend, aber auch irgendwie gebrochen. Meine Mutter kommt langsam näher, ich kann ihren Atem hören und jetzt setzt sie sich auf mein Bett. Sie legt mir ihre Hand auf den Kopf und dann sagt sie mir, dass etwas Schlimmes passiert sei. Langsam ziehe ich die Decke von meinem Gesicht und sie ihre Hand von mir weg, und als sie mir jetzt in die Augen blickt, sehe ich, dass sie geweint hat. Ich frage, was los sei, und dann rinnen ihr Tränen über die Wangen und sie flüstert mit erstickter Stimme, dass Opa einen Schlaganfall erlitten habe und im Krankenhaus liege. Ich bin wie erstarrt. Das kann nicht sein. Gestern habe ich ihn doch erst gesehen. Meine Mutter erzählt weiter, dass die Nachbarin den Krankenwagen informiert habe, da sie gehört habe, wie Opa auf dem Wohnzimmerboden aufschlug, als er umfiel. Jetzt möchte sie mit mir ins Krankenhaus fahren, um zu sehen, wie es um ihn steht. Sie hat den Anruf auch erst vor einer halben Stunde bekommen. Ich bin wie in Trance. Irgendwie schaffe ich es, mich aufzurichten, aus dem Bett zu steigen und, immer noch so angekleidet wie vorhin, als ich die Treppen hinaufrannte, an meiner Mutter vorbei und aus dem Zimmer zu gehen. Schweigend ziehe ich mir im Flur meine Schuhe an und streife die Jacke über. Ich muss dann noch zwei, drei Minuten warten, bis meine Mutter fertig ist. Dann fahren wir los.

Mein Opa war der einzige Normale in unserer Familie, das wird mir jetzt auf einmal klar. Was für ein Verlust, und wenn ich jetzt *war* sage, dann meine ich das auch so. Ich stehe mit meiner Mutter vor dem Bett, in dem er liegt, und bin entsetzt darüber, dass er aussieht wie die sterbende alte Frau bei Kumar im Krankenhaus. Mein Opa war immer so richtig alte Schule, ein richtiger Kerl, aber jetzt ist er an ein Bett gefesselt. Da wäre er gewiss lieber damals im Krieg in irgendeinem schlammigen Schützengraben verreckt, als jetzt so dahinzuwelken. Ich mache mir irgendwie richtige Vorwürfe, warum, weiß ich auch nicht. Aber so geht es einem gewiss immer, wenn man Zeuge wird, wie jemand seiner Sprache und Motorik beraubt und in Windeln gewickelt auf seine Erlösung wartet. Ich trete jetzt näher an das Bett heran und lege meine Hand auf die alte trockene Haut seines Unterarms. Und tatsächlich dreht er bei meiner Berührung seinen Kopf ein bisschen in meine Richtung und versucht mich anzuschauen und seinen Arm ein wenig zu bewegen. Doch eigentlich läuft nur Spucke aus seinem Mund, hinunter auf das weiße Krankenhausnachthemd, und seine Augen starren weiter an die Decke. Mir ist bewusst, dass ihm das alles unendlich peinlich und furchtbar unangenehm ist. Und dass ich ihn hier so hilflos wie ein kleines Kind rumliegen sehe, geht ihm gewiss immens gegen den Strich. Ja, er tut mir leid, und wenn ich jetzt daran denken muss, dass er vielleicht stirbt, schnürt es mir die Kehle zu. Ich begreife, dass, wenn Opa nicht mehr ist, viel von mir mit ihm gehen und nie wieder zurückkommen wird. Ach, es ist ein Teufelskreis, dieses Verrecken. Sterben ist schön, wenn die Umstände passen, doch so dahinsiechen, ich weiß nicht, das ist doch Scheiße. Mein Opa war in Norwegen, danach in Stalingrad und seinen Vater, der nur noch ein Auge besaß, haben die Nazis im Volkssturm verheizt. Mein Opa erzählte mir oft von seiner Fahrt ins Lazarett, kurz hinter der Front. In einem offenen Panjewagen durch die Nacht, mit hohem Fieber, in schwere Decken gehüllt und unter einem prächtigen, fremden Sternenhimmel. All die Geschichten, die er immer zum Besten gab, all die Erinnerungen seiner verblassenden Generation hatte ich schon tausendmal gehört. Mich hat das alles in den letzten Jahren nur noch genervt. Aber jetzt fallen mir die wertvollen Details nicht mehr ein, die diese Erinnerungen so lebendig machten, so echt und einzigartig. Ich komme mir dumm und total bescheuert vor. Aber so ist es nun mal, das Leben. Es ist einfach nicht fair.

Die Pfleger heben meinen Opa jetzt in einen Rollstuhl und schnallen ihn dort irgendwie fest. Mein Opa war eigentlich immer ziemlich füllig, hatte sogar einen Bauch und Doppelkinn, doch wenn ich mir seine Gestalt jetzt so anschaue, dann ist da nicht mehr viel, woran ich mich erinnern kann. Opa ist zu einer Hülle geworden, und man kann fast sehen, wie das Leben entweicht, so, wie aus einem Ballon, der irgendwo ein kleines Loch hat. Komisch, dass ich jetzt an sowas denken muss. Meine Mutter nehme ich gar nicht mehr so richtig wahr, obwohl sie natürlich mit im Raum ist und neben mir steht, den Blick gesenkt, und auf einmal so, ich weiß nicht, ehrlich auf mich wirkt. Das alles hat schon etwas Erhabenes, obwohl es mich natürlich auch ganz schön runterzieht und ich mir echt Besseres vorstellen könnte. Die Pfleger schieben mir Opa im Rollstuhl entgegen und drehen ihn dann kurz vor mir um, gehen aus dem Zimmer und erwarten sicherlich, dass ich jetzt selber Hand anlege. Und wie automatisiert lege ich wirklich die Hände an die Griffe und beginne vorsichtig, Druck aufzubauen, bis sich die Rollen langsam in Bewegung setzen. Meine Mutter, die mir jetzt schräg gegenübersteht, schaut mich so an wie: Jetzt bist du erwachsen geworden, mein Junge. Oder eben sowas in der Art. Das ist ganz schön krass. Mein Opa gibt keinen Laut von sich, als ich ihn dann über die glänzenden Linoleumgänge der Station hin- und herschiebe. Meine Mutter läuft mir in einigem Abstand hinterher.

Das geht zwanzig Minuten so. Kurz bevor wir gehen wollen, macht sich meine Mutter auf die Suche nach den Pflegern, und ich schiebe Opa wieder ins Zimmer und stelle ihn neben dem Bett ab. Da packt er mich auf einmal an meinem Arm und beginnt, wie ein Irrer zu schreien. Er sieht echt furchtbar verzweifelt aus und er zerrt so an meinem Pullover, als wolle er mich mit in den Rollstuhl ziehen, dann aber bricht das Schreien ab und Opa beginnt zu schluchzen, und als die Pfleger und meine Mutter ins Zimmer kommen, weint er nur noch leise vor sich hin. Als er wieder im Bett liegt, ist alles so wie vorhin. Seine Augen sind glasig, von gebrochenem Weiß, und es sieht aus, als ob nur sein Kopf in dem Bett liegen würde, denn unter der Decke, dort, wo sein Körper sein sollte, zeichnen sich keinerlei Konturen ab.

Ein paar Stunden nach unserem Besuch stirbt mein Opa, die Augen an die Zimmerdecke des Krankenhauses verdreht, einfach so. Meine Mutter und ich rasen nach einem Anruf der Station wieder ins Krankenhaus, ich hätte eh nicht schlafen können. Vor ein paar Minuten hat mein Opa noch ein paar Worte gestammelt, er war kurz wieder hier, in diesem Leben, ein letztes Aufbäumen, doch jetzt ist er wirklich tot und sagt kein Wort mehr. Ich stelle betrübt fest, dass es zum Ende hin Apfelbäume und goldgelbe Weizenfelder sind, die man vermissen wird. Dabei starre ich auf seine Hand, die vor mir auf dem Bett liegt und sich irgendwie immer noch ein wenig bewegt. Und so nach einer halben Stunde, nachdem meine Mutter nochmal allein im Zimmer bei ihm war und ich höre, wie sie da drin förmlich zusammenbricht, wird mein Großvater aus dem Zimmer gerollt und mit meiner verheulten Mutter allerlei Papierkram erledigt, welcher sich ziemlich kompliziert gestaltet, da mein Vater nicht vor Ort ist.

Am Abend treibt es mich hinunter zum Fluss, wo ich mich auf eine dieser verdammten Bänke setze. Ich blicke in das Wasser, dessen

Oberfläche sich kaum merkbar kräuselt. Diesmal kommen keine Enten, und mir ist, als sei alle Lebendigkeit aus diesem Tag gewichen.

Nein, ich glaube, der Tod öffnet keine Tür. Man macht ein ziemliches Drama draus, doch wenn man es einmal von der Nähe gesehen hat, ist es nichts. Ein Körper ohne Leben, nicht mehr. Mir ist, als sei es bei den Menschen wie bei den Tieren. Man liebt sie, man begräbt sie und dann ist es vorbei. Man ist allein. Man lebt allein, man stirbt allein. Allein auf dem Weg durch einen Tunnel, auf einem Weg, den man mit niemandem teilen kann. Ich denke, je älter man wird, desto mehr ist man allein. Mit ein paar Erinnerungen an ein Leben, das nach und nach verlischt. Ja, das Leben ist wie ein Tunnel, doch am Ende gibt es kein Licht. Es gibt nichts mehr. Mein Opa wusste das. Es war ein kleines Leben, eine kleine Rente und zum Schluss ein kleines Grab. Und all das ist zu nichts gut, zu gar nichts. Liebe, Freundschaft, alles Kokolores. Hirngespinste, die man versucht aufrecht zu erhalten, um nicht zugeben zu müssen, dass alles Zwischenmenschliche reines Geschäft ist.

Wochen sind seit der Beerdigung meines Opas vergangen und der Herbst hat sich endgültig etabliert, als mich Kumar eines Tages total verstört aus Tunesien anruft. Schwach kann ich mich erinnern, dass er vor einiger Zeit von dieser Reise sprach. Er wollte sie Lousenne als eine Art Therapie verkaufen und hoffte, seine verkorkste Beziehung zu ihr damit etwas kitten zu können. Anscheinend ist aber sein Plan ziemlich in die Hose gegangen, denn er erzählt mir jetzt, dass es ihm dort gar nicht gefällt und dass Lousenne seit gestern Abend an starken Unterleibsschmerzen leidet. Vehement weigert sie sich aber, einen ansässigen Arzt zu konsultieren, da sie wegen des Aidsvirus nicht von Afrikanern angefasst werden möchte. Das passt ja wie die Faust aufs Auge, denke ich bei mir. Lousenne, eine Frau, die sich wöchentlich im Asylantenheim für ein paar Gramm Stoff durchnehmen lässt, hat plötzlich Angst vorm schwarzen Mann. Ich schüttle, eine Grimasse des Abscheus schneidend, ungläubig meinen Kopf und klatsche mir meine Hand auf die Stirn, während Kumar in einer unglaublichen Geschwindigkeit fortfährt zu reden. Wie gesagt, seit ihrer Ankunft vor zwei Tagen nehmen merkwürdige Dinge ihren Lauf, doch momentan kotzen ihn die Männer in diesem Land am meisten an, denn diese gebärden sich wie wilde Tiere. Auf den Straßen sei während der Hochsaison ein lokaler Wettstreit um das Abschleppen weißer Frauen ausgebrochen, und Kumar habe das Gefühl, von den muslimischen Machos nicht wirklich wahrgenommen zu werden. Dies verletze ihn, und auch Lousenne sei darüber nicht glücklich, da es scheint, als sei er nicht in der Lage, seine Freundin angemessen vor deren Trieben zu beschützen. Seit heute vermeiden sie beide es sogar, die Jalousie ihres Zimmerfensters zu öffnen, da die testosterongeschwängerte Jugend ihnen nach einem Ausflug in die Stadt bis vor den Hoteleingang hinterherlief und im Schutze der Abenddämmerung unter ihrem Fenster lustige Pfeifkonzerte anstimmte. Die Unterkunft sei das Letzte, der

Pool überchlort und das Essen zum Kotzen, und vor dem Hotel, in dem sie beide wohnen, verkaufen am Abend kleine ortsansässige Jungs miserables Haschisch, welches nach verbranntem Gummi riecht. Doch trotz all dieser Enttäuschungen sehen sie es nicht ein, von dort zu verschwinden. Man habe schließlich bezahlt, auch wollen sie sich beide hier irgendwie erholen und darum hat er mich nun angerufen, um mich zu fragen, ob ich denn nicht runter zu ihnen nach Afrika kommen möchte. Als eine Art moralische Stütze oder so. Er sei sich bewusst, dass dies alles nicht überzeugend genug klingt, um mich zu bewegen, in einen Flieger zu ihm zu steigen, doch es sei was echt Abgefahrenes passiert, was mich interessieren könnte. Jetzt komme der Knaller und der eigentliche Grund, warum er anruft, und es klingt, als wähle er jedes einzelne Wort mit Bedacht. Als er mir mitteilt, dass er Asic mit ihren Eltern vor wenigen Minuten am Pool des Hotels getroffen habe, entsteht eine lange Pause und eine Welle voller Wärme und Sehnsucht durchflutet mich. Ich kann nicht glauben, was Kumar da behauptet, und deshalb bitte ich ihn, seine Nachricht an mich zu wiederholen, und beginne dabei, am ganzen Körper zu zittern. Kumar bemerkt, dass ich wohl ziemlich abgehe, denn er untermauert seine Behauptung mit weiteren Details über Asics aktuellen Haarschnitt und den krassen körperlichen Verfall ihres Vaters. So, wie er ihn mir beschreibt, muss er jetzt aussehen wie der Sträfling eines Konzentrationslagers. Auch hat Kumar für mich bereits ein Zimmer in seinem Hotel klargemacht und er würde mir das Geld für den Flug sogar zurückgeben. Er hat ja im Lotto gewonnen und somit sei dies kein Problem. Etwas verwundert über Kumars Großzügigkeit, doch auch Feuer und Flamme für die Idee, verspreche ich ihm, so schnell als möglich in Tunis aufzuschlagen. Ich bitte ihn noch, Asic nichts von meinem geplanten Kommen zu verraten, und Kumar seufzt daraufhin erleichtert ins Telefon, bedankt sich für meine Loyalität und gibt mir die Daten meines

Zielortes durch, die ich auf einen weißen Zettel, der vor mir auf dem Telefontisch liegt, notiere. Als all dies geschehen ist, kurz vor Ende unseres Telefonates, ist es auf einmal ganz ruhig zwischen uns geworden. Eine lange Stille schwebt in der Verbindung, eine Unterbrechung, die niemals zu enden scheint. All die Aufregung und Hektik der letzten Minuten ist verschwunden und irgendwann sagt Kumar so leise, dass ich es fast nicht hören kann, dass er sich alleine fühle und gestern geweint habe. Ich weiß nicht, was er damit meint und was ich darauf sagen soll, und deshalb lege ich, in Gedanken an Asic versunken, einfach auf.

Das Licht der Abenddämmerung füllt den Raum, in dem ich stehe, gänzlich aus und meine rechte Hand ruht auf dem Hörer, der wieder auf der Gabel des Telefons liegt. Ich lasse das Gespräch von eben Revue passieren: Asic in Tunesien, das klingt absolut unglaublich, und wenn es wirklich wahr sein sollte, dann weiß ich nicht, ob ich das alles überhaupt will. Wie werden wir uns begegnen? Wie wird sie reagieren? Nun, sie weiß nichts von meinem Vorhaben, sie dort zu sehen, aber ist das wirklich eine gute Idee? Bilder, in denen ich mit ihr wach im Bett liege und ein Wind über einen Pier auf mich zu und dann durch Palmen fegt, um sie gruselig hin- und herzubewegen, erscheinen vor meinen Augen und ich weiß auf einmal, dass ich fliegen werde, weiß, dass ich sie sehen möchte. Urplötzlich durchzuckt mich ein brennender Schmerz und zerreißt mir meine Gedanken, der Telefonhörer scheint zu glühen und ich reiße meine Hand nach oben und presse sie voller Panik an den Körper. Entsetzt blicke ich in Erwartung auf eine Steigerung dieses Schreckens auf das Telefon, doch marmorn und unschuldig schimmert das schwarze Gehäuse. Die Welt als ein Meer. Dieses Bild ist jetzt vor mir, stark und so real, dass ich es riechen kann. Das Meer ist grün und grenzenlos und vertraut, und alles, was sich bewegt, ist nur ein Kräuseln auf dessen Oberfläche. Lautlos und weit, bis zum Horizont. Alles ist wie immer, denke ich, und draußen schwindet beängstigend schnell der Tag. Ich stehe unbeweglich im Zimmer, spüre, wie mein Puls rast, und starre durch das Fenster vor mir ins Leere. Ich starre über den Fluss und die Dächer der Stadt. Immer weiter, stundenlang, bis tief in den schwarzen Himmel hinein.

Nachdem ich mir am nächsten Morgen in einem kleinen Reisebüro von meiner letzten Kohle das Ticket nach Tunesien gekauft habe, Monti starke Zweifel an Kumars Geschichte bekundet hat, ich aber darauf nicht eingegangen bin, sehe ich mir gegen Mittag eine schlecht gemachte Dokumentation über osteuropäische Menschenhändler und deren Geschäfte an. Ein ziemlich gut laufendes Business scheint unter anderem das Produzieren und Vertreiben von Pornographie mit Kindern zu sein. Eigentlich kann ich mir nur wirklich schwer vorstellen, wie jemand auf dieses Zeug abgehen kann. Das müssen dann schon ziemlich verdrehte und einsame Typen sein, die sich so etwas reinziehen. Momentan werden unscharfe und verwackelte Szenen eines von der Polizei beschlagnahmten Videos gezeigt, in dem prägnante Stellen durch quadratische Pixelanordnungen zensiert werden. Der nackte und ziemlich aus der Form gegangene Körper eines Mannes mit einem für die Ermittler noch nicht klar erkennbaren Tattoo auf dem rechten Unterarm penetriert ein Mädchen auf dem Teppich eines vermüllten Zimmers.

Die Neunjährige wurde von ihren Eltern vor einem halben Jahr als vermisst gemeldet, und bis vor wenigen Tagen gab es keinerlei Hinweise über ihren Verbleib. Kurz nach der erfolgreichen Zerschlagung eines weltweit agierenden Pornorings durch Spezialeinheiten der russischen Polizei wurde sie jedoch identifiziert, und jetzt dürfen wir alle gespannt ihr hartes Schicksal im Fernsehprogramm verfolgen. Was für ein Leben, was für eine Zeit. Da hat sich nun tatsächlich der Typ mit dem Tattoo eine Kamera auf den Kopf geschnallt, so dass der potentielle Zuschauer ganz nah dran ist am Geschehen. Parallel filmt eine zweite Kamera den Missbrauch aus einer Ecke des Zimmers, und da die Position dieser Einstellung sich nicht verändert, ist anzunehmen, dass hier ein Stativ zu Hilfe genommen wurde. Ich kneife die Augen zusammen, um in dieser Unordnung von verzerrten Filmsequenzen wenigstens etwas Menschenähnliches zu erkennen. Doch wie sehr ich mich auch anstrenge, es gelingt mir nicht und ich gebe erschöpft auf, als mir die Augen zu tränen beginnen und das rasselnde Geräusch des Weckers mich aus meinen Gedanken reißt. Es ist Zeit aufzubrechen.

Ich stehe auf, schalte den Fernseher aus und gehe in die Küche. Dort überfliege ich kurz noch einmal den Zettel an meine Mutter, auf dem ich sie darüber unterrichte, dass ich jetzt nach Afrika fliegen und in einer Woche wieder zurück sein werde. Dann gehe ich in mein Zimmer, nehme meine gepackte Reisetasche vom Bett und werfe einen letzten Blick auf das Foto von Asic und mir an der Wand. Wir beide sitzen auf einer der Bänke unten am Fluss und starren wie Blinde in das Objektiv der Kamera, und während ich unser Bild betrachte, formen sich mehr und mehr Erinnerungen an Asic in meinem Kopf. Die Gedanken an sie werden zunehmend intensiver, so lange, bis ich dem entgegenwirke, indem ich meine letzte Line für die kommenden Tage ziehe, mich umdrehe und die Wohnung endgültig verlasse.

Der Flieger ist klein und eng und laut, und obwohl ich körperlich völlig im Eimer bin, hält mich das C noch immer wach, und deshalb trinke ich drei Bier und blättere ohne wirkliches Interesse das Magazin mit den aktuellen Duty-free-Angeboten durch. Ich bin erleichtert und fast ein wenig glücklich, dass meine mir noch unbekannte Sitznachbarin sehr gut riecht und bombastisch aussieht. Meinen Schätzungen zufolge ist sie Anfang dreißig, spricht australisches Englisch und erinnert mich an ein bekanntes brünettes Modell aus irgendeinem Haarwaschmittelspot. Der Start war vorbildlich und ich versuche es mir jetzt auf dem kleinen Sitz, der mir zugewiesen wurde, bequem zu machen. Nach einigen Minuten des Schweigens, stiller Aufgabe und Akzeptanz der Gegebenheiten wage ich einen verbalen Vorstoß in Richtung der Dame neben mir. Mit Erfolg. Die

Zeremonie des Vorstellens erfolgreich bewältigt, debattieren wir über die Anfänge der Black-Panther-Bewegung in Amerika, den politischen Weg von Malcolm X und die Schuld der Nation of Islam an seinem Tod. Meine Begleiterin lehrt an einem australischen College die Geschichte der Schwarzen in Amerika und möchte in Tunesien nur einen erholsamen Zwischenstopp einlegen. Über dieses nordafrikanische Land, in das wir beide nun reisen, weiß sie ebenfalls sehr viel, und so empfiehlt sie mir mit einem umwerfenden Lächeln auf den Lippen einige historische Sehenswürdigkeiten.

Später starre ich auf ihr schlafendes Gesicht, auf ihre Hände und ihren Busen, welcher sich gleichmäßig hebt und senkt, und ich verspüre die unbarmherzige Lust, den Stoff ihrer weich fließenden Kleidung zu berühren. Ich möchte mich jetzt, genau in diesem Augenblick, in ihren langen, schwarzen Haaren verkriechen und mit ihr in ein kleines Haus ans Meer ziehen. Nach langen, durchschwitzten Nächten, in denen unsere Körper sich verzehren, würde ich sie im ersten Licht des Morgens an den Strand tragen und die Farbe des Wassers und den Wind, der vom Meer ins Landesinnere bläst, in mich aufnehmen. Ich könnte frische Kokosmilch trinken, verträumt Muscheln am Strand sammeln und mit einem Strohhut auf dem Kopf fischen gehen. Die Motoren der Triebwerke summen tief und beruhigend, und wenn ich aus dem Fenster schaue, schimmert unter mir das dahinziehende Blau des Mittelmeers. Vereinzelt kann ich weiße Schaumkronen besonders wilder Wellen ausmachen, aber bald darauf bemerke ich den Ring an ihrer linken Hand. Mit einem leisen Seufzer setze ich die Kopfhörer auf, welche vorhin von einer Stewardess mit pickligem Gesicht ausgeteilt wurden, springe von Sender zu Sender, bleibe beim Jazz hängen, schließe die Augen, denke an eine glühende Zigarette und warte dösend auf die Landung in Tunis.

Mit einem klapprigen Reisebus, wohl noch aus der französischen Kolonialzeit, geht es vom Flughafen ins Hotel. Außer drei weiteren Deutschen mittleren Alters, die sich lautstark über die aktuellen Ergebnisse der Bundesliga streiten, teilt niemand meinen Weg durch die gleißende Landschaft Tunesiens. Ich sitze auf dem Beifahrersitz neben dem einheimischen Fahrer und die Sonne ist so grell, dass vor mir der Streifen aus Asphalt fast weiß aussieht. In der Mitte des Weges kommen wir an einer kleinen Karawane vorbei, die sich am Straßenrand unter dem Schatten eines Dattelbaumes ausruht, und kurze Zeit später erreichen wir die weiß getünchte Hotelanlage, auf deren Vorplatz Kumar bereits auf mich wartet.

Ich trete aus dem Bus, der Fahrer reicht mir meine Reisetasche, und über den schwarzen Kies, der das Areal vor dem Eingangsbereich ausfüllt und eine immense Hitze abstrahlt, gehe ich einige Schritte auf Kumar zu und bleibe dann in freudiger Erwartung vor ihm stehen. Voller Euphorie bin ich kurz davor, ihn zu umarmen, seit meiner Landung kann ich an nichts anderes mehr denken als an Asic. Doch irgendetwas hält mich zurück, sodass Kumar mir nur seine Hand reicht, und als ich sie umschließe, bemerke ich, wie feucht und kalt sie ist. Ich schaue ihm in die Augen, und mir fällt sein gehetzter Blick auf. Fast ist es, als würde er von jemandem verfolgt, und dann zieht er mich, meinen Arm umklammernd, in das Foyer der vor uns liegenden Hotelanlage.

Nachdem ich an der Rezeption eingecheckt habe und Kumar unter dem Vorwand, mal schnell nach Lousenne zu schauen, in einem der vielen Flure verschwunden ist – nicht ohne zu versäumen, mir im Gehen mitzuteilen, dass Asic bestimmt nachher im Restaurant zu Mittag isst und wir uns dort in einer halben Stunde treffen werden – führt mich eine der überall herumstehenden und mit einer weißen Schürze bekleideten, weiblichen Angestellten auf mein Zimmer. Ich werfe die Reisetasche auf das in der Mitte stehende Bett, entledige mich meiner Klamotten und dusche einige Minuten eiskalt, da ich bereits bis auf die Unterhose durchgeschwitzt bin und auch die Wirkung des C abgeklungen ist, so dass ich mich müde und total schlapp fühle.

Das Zimmer ist nett eingerichtet, überraschend komfortabel, sogar ein kleiner Balkon mit Blick über den Pool und den Strand bis hin zum Meer schließt sich ihm an, und nachdem ich eine bequeme Bermuda und ein olivgrünes T-Shirt angezogen habe, lege ich mich eine Weile hin und denke erschöpft über meine Ankunft und über Asic nach. Verwirrt von Kumars Verhalten, spüre ich bereits, dass in den kommenden Tagen einiges aus dem Ruder laufen wird, und ich vermisse Monti und mein mir vertrautes Umfeld. Selbst die Vorfreude auf Asic verfliegt mit jedem Gedanken an die baldige Konfrontation mit ihr. Auf dem Weg ins Restaurant ist sie schließlich gänzlich verschwunden und nackte Angst hat sich in mir breitgemacht.

Als ich in das Restaurant trete, erblicke ich Kumar und Lousenne an einem der hinteren Tische. Sie haben sich in eine Ecke verzogen und ich muss die gesamte Weite des Raumes durchqueren, um zu ihrem Tisch zu gelangen. Lousenne starrt mich während dieses Weges die ganze Zeit an, Kumar blickt neben ihr wie versteinert auf die Tischdecke, und wir begrüßen uns alle mit einem trockenen Hallo.

Ohne die Sonnenbrille abzunehmen, setze ich mich zu ihnen und wippe gestresst mit dem Fuß – ich bin allmählich wirklich auf Abklatsch. Nun warte ich mit jeder Sekunde mehr darauf, dass Kumar mir ein Zeichen gibt, wo Asic denn zu finden ist. Sämtlicher Lebensenergie beraubt, scheine ich nach einer Weile mit dem Stuhl, auf dem ich sitze, zu verschmelzen, und dann fallen mir einige Sekunden die Augen zu, doch ich bin nicht müde, sondern nur absolut im Eimer.

Eine Line C könnte meinen Allgemeinzustand um einiges optimieren, doch das werde ich wohl in den nächsten Tagen vergessen können, und deshalb öffne ich wieder meine Augen und gaffe durch das dunkle Glas meiner Brille auf Lousennes Gesicht, welches sich zu einer grotesken Maske verzieht. Ihr dick aufgetragenes Make-up vermag die Aknenarben nicht zu übertünchen, welche, wie Sommersprossen gestreut, einer Mondlandschaft Konkurrenz machen könnten. Ihre Zähne sind durch das Heroin und die vielen Kippen gelblich verfärbt und ihre breiten Schultern geben dem Körper eine abstoßende Kantigkeit. Alles in allem ist sie keine gute Partie und wiederholt frage ich mich, was Kumar eigentlich dazu treibt, mit ihr zusammen zu sein. Ich für meinen Teil wollte immer so wenig wie möglich mit ihr zu tun haben, doch jetzt sitzt sie vor mir und allmählich wird mir bewusst, worauf ich mich hier eingelassen habe, auch weil von Asic keine Spur zu finden ist.

Der Wind weht weißen Sand durch die geöffneten Türen und fegt ihn lautlos über die Fliesen des Bodens. In regelmäßigen Abständen eilen einheimische Angestellte herbei und kehren mit gesenkten Häuptern alles sauber, um ein paar Minuten später dieselbe Arbeit erneut zu verrichten. Bedingt durch diesen Rhythmus herrscht um mich herum ein stetes Kommen und Gehen, ohne dass wirklich etwas passiert. Ein drollig anzuschauender Kellner mit kurzen Beinen bewegt sich wie in Zeitlupe auf mich zu. Und als er an unserem Tisch angekommen ist, legt er, ohne mich auch nur eine Sekunde anzuschauen, die Schachtel Zigaretten vor mir auf den Tisch, welche ich vorhin, auf dem Weg hierher, im Foyer bestellt habe. Ich ordere bei ihm eine Cola, und einen kurzen Moment macht es den Anschein, dass er etwas sagen möchte, doch dann dreht er sich um und, eine betriebliche Eile vortäuschend, verschwindet er zwischen den anderen Angestellten, die noch immer Sand von den Bodenfliesen fegen. Mir fällt wieder ein, was Kumar noch vor meiner Abreise am Telefon erzählte. Lousennes panische Angst vor Aids und dem Machismos der einheimischen Männer habe ich im Ohr, und wenn ich mir diesen Fakt so durch den Kopf gehen lasse, muss ich fast den Schluck Cola in meinem Mund Lousenne ins Gesicht prusten. Angst vor Aids und Afrikanern? Lousenne ist wirklich noch kaputter, als ich es mir jemals habe träumen lassen. In Deutschland schiebt sie sich jeden noch so dahergelaufenen Schwanz für ein bisschen Stoff in ihre trockene Möse und hier soll auf einmal alles anders sein?

Von hier aus, wo ich sitze, kann ich nicht nur ihre pastöse Haut betrachten, ich sehe auch das kalte Büfett und durch die mir gegenüberliegende Tür aus Glas den Pool, dessen Wasser sich wie ein blaues Tuch zwischen den Strandliegen der sonnenbadenden Gäste entfaltet. Über mir rotieren die Ventilatoren, welche uns träge Luft in die Gesichter schleudern. Ich sehe den drolligen Kellner, der jetzt gerade drei Tische weiter die Arme in die Luft wirft und in schlechtem Englisch das bombastische Wetter lobt. Die Hinterköpfe des ergrauten Paares, das ihm zuhört und dabei nickt, meine rechte Hand, die zitternd eine Zigarette ansteckt, Kumars Lippen, die wie dünne Linien an seinem Gesicht zu kleben scheinen, das von Bambusrollos zerschnittene Licht überall, welches alles fremd und unreal erscheinen lässt. Wir befinden uns in einer Kulisse, die wie die einer alten vergessenen Filmszene wirkt, und Lousenne schaut mich auf einmal irgendwie fordernd an. Das macht mir Angst und deshalb nestele ich nervös an der Tischdecke herum und frage irgendwann leise, wo Asic ist und ob sie hier noch auftauchen wird.

Kumar bittet daraufhin Lousenne, schon mal auf ihr Zimmer zu gehen, da er sich mit mir unterhalten möchte. Ich bin mehr als erfreut darüber, denn jetzt wird er mir endlich sagen, wo ich Asic finden kann. Seit meiner Ankunft hat er es nicht für nötig gehalten, mehr von ihr zu erwähnen als vorhin den kurzen Hinweis an der Rezeption. Auch verstehe ich nicht, warum er vor Lousenne ein

Geheimnis daraus macht, und als ich noch darüber nachsinne, steht sie mit einem beleidigten Gesichtsausdruck vom Tisch auf und versäumt dabei nicht, mich mit einem Blick voller Verachtung zu strafen. Ich nicke ihr daraufhin kaum merklich mit dem Kopf zu, um ihr zu signalisieren, dass sie sich jetzt verpissen kann, danach denke ich gleich weiter über Kumars merkwürdiges Verhalten nach. Warum sollte er vor Lousenne Geheimnisse haben? Mich wundert, dass sie mit ihm hierher gekommen ist. Hier gibt es doch nichts. Es ist bewundernswert, wie sie ohne ihren Stoff klarkommt. Entweder hat sie gutes Methadon dabei, oder sie ist sich nicht bewusst, wo sie sich eigentlich befindet. Dass sie clean ist, glaube ich keine Minute. Als sie endlich verschwunden ist, sprudeln aus mir Fragen zu Asics Verbleib heraus, ich möchte jetzt wissen, wo sie ist, denn ich halte diese Anspannung nicht mehr aus. Ganz sieht es so aus, als wüsste Kumar nicht, was er sagen soll, und weiterhin gespannt auf eine Antwort aus seinem Mund, warte ich eine gefühlte Ewigkeit, bis er endlich sagt, dass er mich heute Abend um acht an der Rezeption treffen wolle, um mit mir zu dem Pier vorm Hotel zu gehen, dort werde Asic dann auf mich warten. Mir verschlägt es einen Moment lang wirklich die Sprache, und ich schaffe es nicht, weiter nachzuhaken, denn Kumar steht abrupt auf, bleibt eine Zeitlang unschlüssig vor mir stehen und blickt mich dann traurig an. Als ich anhebe, ihn zu fragen, was hier überhaupt los sei und wo denn nun wirklich Asic ist, dreht er sich um und schlurft gebückt über die Fächer weißen Sandes aus dem Restaurant hinaus, gefolgt von einer kleinen Gruppe Angestellter, die hinter ihm versuchen alles sauber zu fegen. In der Zwischenzeit ist auch das ergraute Paar verschwunden und ich sitze allein am Tisch, allein in dem Restaurant. Vom anderen Ende des Raumes werde ich von braunen Augenpaaren der Angestellten gemustert, die jetzt aufgereiht mit dem Rücken zur Wand stehen und darauf warten, dass ich irgendetwas mache oder neuer Sand von dem Wind hineingetragen wird. Merkwürdig, denke ich bei mir, alles hier ist wirklich sehr merkwürdig.

Am Nachmittag, nachdem ich auf der Suche nach Asic erfolglos durch die Hotelanlage gestreift bin, entschließe ich mich enttäuscht, in die Stadt zu gehen, um mich ein wenig abzulenken. Dort im Zentrum tobt das Leben. Im Schatten maurischer Architektur bieten Farbige kreischend allerlei Plunder an und ich beobachte eine Weile, wie den Touristen gnadenlos die Kohle aus der Tasche gezogen wird. Teppiche in allen erdenklichen Musterkombinationen säumen meinen Weg, erschaffen in zahlreichen Manufakturen, in denen fleißige Hände weben, was das Zeug hält, und mir ist, als flaniere ich über eine riesige Patchworkdecke. Die Teppiche sind handgeknüpft und aus reiner Schafswolle, und ich erfahre, als ich vor einem besonders schönen Exemplar verweile, dass dieses elementare Symbole aus 1001 Nacht darstelle und in den pulsierenden Gassen der letzte Schrei sei. Es geht weiter, vorbei an bedächtig Shisha rauchenden Männern und mit Einkaufstaschen beladenen verschleierten Frauen. In einer schmalen Gasse baumeln tote Schafe und Ziegen an Haken und glotzen kopfüber mit leeren Augen in die Lachen ihres eigenen Blutes. Gegenüber stapeln sich Paprika, Tomaten und Obst und streitende Stimmen dringen aus einem Laden, in dem Brokatstoffe und kupferfarbene Krummdolche neben Curry, Koriander und Safran feilgeboten werden. Es riecht nach Jasmin, Weihrauch, Zimt und Vanille, und mir ist, als sei der Himmel über mir nicht blau, sondern aus Wasser, welches azurne Lebendigkeit in dieses Treiben speist und die Wüste vor den Stadtmauern ignoriert.

Die Marktstraßen mit den aufdringlichen Händlern hinter mir lassend, gelange ich über eine schmale Treppe in den oberen Teil der Altstadt, und als ich mich in einem der unzähligen Hinterhöfe verirrt habe, schließe ich mich spontan einer europäischen Besuchergruppe an, die auf eines der ockerfarbenen Häuser zusteuert. Von einem alten Herrn aus Duisburg erfahre ich, dass in der ersten Etage des Hauses ein Kamel seit fünfzehn Jahren im Kreis herum läuft, um aus einer heiligen Quelle Wasser für die Gläubigen an die Erdoberfläche zu pumpen. Das interessiert mich ein bisschen, und darum gehe ich mit.

Das Kamel ist total fertig und heißt *Canetti*. Jedenfalls behauptet das der Typ mit dem übergroßen Turban, der mir jetzt ein kleines Messingschälchen entgegenstreckt, in der Hoffnung, ich würde ein paar Dinar hineinschmeißen für Allah den Allmächtigen und so, doch ich habe dazu keine Lust. Der Raum ist heiß und trocken. Unmengen von Staubpartikeln tanzen wie irre in der Luft, fast so, als würden sie von dem goldenen Licht in den Wahnsinn getrieben, welches in fast quadratischen Strahlen zu unseren Füßen auf den Boden aus Dreck und Kieseln fällt. Das Kamel *Canetti* atmet schwer und krank und es kommt mir vor, als vermehre sich der gelblich-breiige Schaum vor seinem Maul von Minute zu Minute. Als ich den Typen mit dem Schälchen, welcher immer noch vor mir steht, schwach gestikulierend auf *Canettis* Gebrechen hinweise, zuckt er nur mit den Schultern und trottet weiter.

Am frühen Abend, zurück von meiner Exkursion, sitze ich an einem der ovalen Tische in der Tanzbar unseres Nachbarhotels, warte auf das Auftauchen von Asic und denke über das bemitleidenswerte Kamel *Canetti* nach. Ich trinke an meiner dritten Cola und versuche mich zu beruhigen, denn allmählich bekomme ich das Gefühl, dass mich Kumar gewaltig verarscht hat. Aus den Boxen der Discoanlage stoßen schmerzende Bässe, mir ist kotzübel, das liegt an dem Shit, welchen ich vorhin auf meinem Rückweg von ein paar kleinen, braunen Jungs vor dem Hotel erstanden habe. Das Zeug ist das Letzte und ich bin schwer enttäuscht, da ich über die Qualität nordafrikanischen Haschischs Besseres gehört habe. Ich glaube, man hat mich betrogen, denn der schwarze Klumpen in meiner Hosentasche sieht aus wie ein Stück geschmolzenes Gummi. Er riecht nach Synthetik, und wenn ich ihn schräg gegen das Licht halte, kann ich sogar das Profil von einem Autoreifen erkennen. Ich warte in der Tanzbar noch bis um sieben, dann gehe ich in mein Hotel zurück. Dort ziehe ich mir in meinem Zimmer einen Pullover über, da es frisch geworden ist, und mache mich dann durch die langen Flure auf den Weg zur Rezeption, um dort Kumar zu treffen, in der Hoffnung, dass das Mysterium um Asic nun endlich aufgelöst wird.

Das Meer vor uns ist fast nicht mehr zu erkennen. Kumar und ich stehen vor dem Pier, der sich einige Meter in die sanfte Brandung erstreckt, doch weiter hinten von einem milchigen Nebel aus feinem Sand verschluckt wird. Mit jeder Sekunde wird es dunkler um uns herum. Seit ich Kumar vorhin in dem Foyer an der Rezeption getroffen habe und wir über das Stück Strand, das zum Hotel gehört, hierher gegangen sind, hat keiner von uns ein Wort gesagt. Ich habe mich nicht getraut, denn sein verstörendes Verhalten sitzt mir in den Knochen, auch sieht er furchtbar aus. Doch reicht dies alles nicht, um zu begreifen, in welchem Schlamassel ich mich befinde. Fast bin ich froh, als Kumar sich mir jetzt zuwendet, und als sein Gesicht keine zwei Handbreit von meinem entfernt ist, sagt er, dass es ihm leidtue, mich hierher gelockt zu haben. Ein stummer Blitz zuckt hinter dem Nebel auf und reißt für den Bruchteil einer Sekunde einen Spalt in den verhangenen Horizont. Kumar sagt weiter, dass er keine andere Möglichkeit gesehen habe, und ich kann seinen schlechten Atem riechen. Ich begreife allmählich, was sich hier abspielt, und nach einiger Überwindung frage ich ihn, was er damit meint. Er legt seinen Kopf auf die Seite und sieht mich eine gefühlte Ewigkeit einfach nur an.

Bereits versucht, mich umzudrehen, um zurück ins Hotel zu gehen, zögere ich, als sich Kumars Gesichtsausdruck auf einmal verändert. Die Haut in seinem Gesicht wird aschfahl und in den Augen spiegelt sich der Glanz einer tiefen Beklommenheit. Ich bemerke, wie Kumars Oberkörper beginnt, leicht vor und zurück zu schwingen, und erst bin ich perplex über die etlichen Puzzleteile, die sich in mir allmählich zu einem Ganzen zusammenfügen, doch dann bekomme ich wirklich ein ungutes Gefühl, eine Stufe vor existentieller Angst, denn so habe ich ihn noch nie erlebt. Jedes Wort scheint ihn immense Überwindung zu kosten, als er mir jetzt offenbart, dass Asic nicht in Tunesien ist. Es war reine Fiktion, nicht mehr als ein gemeiner Schachzug, um mich hierher zu locken. Meine Hand ballt sich vor Wut in meiner Hosentasche zur Faust zusammen, doch vermag dies nicht, meine aufkommende Anspannung zu lösen. Auch bin ich zu kaputt, um ihm gleich eine reinzuhauen. Die Kohle für den Flug werde er mir natürlich zurückgeben, erzählt Kumar weiter, doch sei etwas derart Schreckliches passiert, dass er mich voller Panik in Deutschland angerufen habe, um mir die soeben von ihm selbst als Lüge entlarvte Geschichte aufzutischen. Jetzt schäme er sich dafür, auch komme ihm seine Handlung absolut überzogen vor. Meine Wut auf ihn steigert sich in blanken Hass, und die maßlose Enttäuschung wird überschattet von dem dringenden Pulsen der Fragen, die sich in meinem Kopf ansammeln. Warum macht er das? Was steckt dahinter? Und warum gerade ich?

Nun, die Sache sei die, sagt er jetzt leiser und fast flüstert er dabei, es gehe um Lousenne. Ich glaube, meinen Ohren nicht zu trauen, und frage mich, ob Kumar jetzt endgültig wahnsinnig geworden ist. Meine Abhängigkeit von Asic zu missbrauchen, schlägt bereits dem Fass den Boden aus und der Schaden, den unsere Beziehung durch seine Lügen erleiden wird, ist noch lange nicht absehbar, aber er besitzt tatsächlich noch die Frechheit, mich in seine perverse Geschichte mit Lousenne hineinzuziehen. Als Kumar jetzt sagt, dass Lousenne schwanger sei, wird plötzlich alles still um uns herum. Der Nebel weit draußen auf dem Meer löst sich für Sekunden einfach auf und gibt den Blick frei auf die dunkle beunruhigende Unendlichkeit der hereinbrechenden Nacht, die sich vom Wasser her auf uns zuwälzt. Auf einmal vermisse ich Monti so stark, dass ich einen Kloß im Hals bekomme und kurz davor bin, in Tränen auszubrechen. Befangen von diesen plötzlich in mir aufschießenden Emotionen, realisiere ich nur vage die weiteren Details über Lousennes Schwangerschaft, die Kumar jetzt enthüllt und mir damit unmissverständlich klarmacht, dass ihm meine Verletztheit scheißegal ist.

Das Verrückte und eben auch Furchtbare an der Geschichte, presst Kumar über seine Lippen, sei der Fakt, dass er mit Lousenne seit über einem halben Jahr nicht mehr geschlafen habe. Aha, jetzt kommt der Punkt, an dem ich aufhorche und meine Mordgelüste auf ihn sich auflösen, denn die ungeahnte Wendung seiner Geschichte birgt eine gewisse Komik. Ich bemühe mich, weiterhin völlig zerstört auszusehen, was mir nicht allzu schwer fällt. Kumar ist nicht der Vater des Kindes und das finde ich super. Schadenfreude über seine aufkommende, schwere Lebenskrise dämpft ein wenig meinen Schmerz und für einen kurzen Moment vergesse ich sogar Asic. Ich versuche mich zu entspannen und schaffe es auch, relativ überzeugend nach seinen weiteren Schritten in dieser Angelegenheit zu fragen und mich so darzustellen, als ob zwischen uns beiden noch immer alles in Ordnung wäre.

Kumar äußert sich lange nicht. Er blickt auf das Meer hinaus und auf die Nebelwand, die näher als vorhin über dem Wasser hängt und sich wieder geschlossen hat, und sagt auf einmal, dass er sich immer Kinder gewünscht habe. Kurz danach beginnt er still zu weinen und ich genieße jede einzelne Sekunde seiner Verlorenheit und seines verpfuschten Lebens. Auf dem Meer steigt der Nebel jetzt langsam nach oben und entfesselt einen eisigen Wind, der über den Pier auf uns zu und dann durch die Palmen am Strand fegt. Ich beginne zu frieren und schlinge meine Arme um den Körper, spucke, bevor ich gehe, hinter Kumar in den schwarzen Sand, und die Palmen vor dem Hotel bewegen sich gruselig hin und her, dann drehe ich mich um und lasse diesen Verlierer dort allein zurück.

Stillstand am nächsten Morgen. Bedingt durch absolute Cleanheit und das Desaster vom Vorabend habe ich diese Nacht geträumt. Visionen, welche mich fragen lassen, ob ich allmählich wahnsinnig werde, suchten mich heim. Schreckliche Fratzen, so furchtbar, dass ich gegen drei erwachte und nur noch die Stille der Dunkelheit und meinen eigenen schweren Atem vernahm. Szenen aus meinem Traum: Ich sitze an einem Tisch, in einem Haus bei einer Familie, in der Hunger alles hat ersterben lassen. Es ist nicht in unserer Zeit, und alles ist mir fremd und doch vertraut. Ich existiere irgendwann und irgendwo, jedoch nicht hier und auch nicht jetzt. Ich kann den Wind hören, wie er draußen durch den verwilderten Garten fegt. Ein Garten, der das Haus umgibt, ist voll von Bösem und es ist dunkel und ich habe Angst. Wir alle warten auf den Vater, der unendlich langsam, das Haupt zu Boden geneigt, durch die welke Landschaft auf das Haus zukommt. Und obwohl ich von hier aus, wo ich sitze, nichts anderes als die leeren, blanken Teller auf dem Tisch und die gierigen, auf mich gerichteten Feuerbälle in den Augen meiner Geschwister sehen kann, weiß ich, dass er sich nähert, um mich zu holen. Mich, seinen missratenen Sohn, die in die Ecke getriebene Beute. Das Elend hat uns ausgemergelt und verwandelt. Meine Nächsten sind zu Bestien mutiert und auf der Jagd. Eine riesige, verrostete Axt in der Hand bremst den väterlichen Gang, und das Geräusch von schleifendem Metall auf dem steinernen Boden ist der Soundtrack für diese Szene.

Zeit dehnt sich ins Unendliche und ich versuche zu verstehen, was passiert. Meine Mutter, die mir gegenübersitzt, richtet eine letzte Frage an mich und ihre Stimme gleicht einem tiefen kehligen Schmerzenslaut. Die Läden der Fenster schlagen als Untermalung beängstigende Rhythmen gegen die Wände des Hauses, doch dann werde ich ganz ruhig und schließe meine Augen. Ja, er kommt, um mich zu holen, und jetzt ist er hinter mir. Der Vater, welcher Menschen frisst, legt mir nun die Hand auf meine Schulter.

Szenenwechsel: Ein Meer erstreckt sich vor mir. Ich stehe auf einem Balkon, irgendwo im Süden, vielleicht sogar in Tunesien, und starre auf die Linie am Horizont, wo das Wasser den Himmel berührt. Zwei Sonnen werfen Licht in meine Augen, und ich weiß, dass ich soeben angestrengt über irgendetwas nachgedacht habe. Als ich über meine Schulter einen geschundenen, nackten Frauenkörper auf dem Bett im Zimmer erblicke, vermag ich keine Zusammenhänge zu erschließen. Deshalb drehe ich mich wieder um und starre eine Ewigkeit grübelnd auf meine blutverkrusteten Hände und dann wieder verwirrt und traurig auf das Meer hinaus. Sekunden später. Hemmungsloser Sex mit einem Pärchen. Ficken in einem nach unten rasenden Fahrstuhl. Ich kann mich nicht erinnern, woher ich weiß, dass die Dame, der ich gerade meinen Schwanz tief und hart in den Mund stoße, aus dem Westen kommt. Ich weiß nur, dass der Mann neben mir weiße Socken trägt und grinsend auf ihre Lippen gafft. Ein Blick in den Spiegel über mir offenbart meine wahre Identität. Ich bin nicht der, welchen ich glaubte zu kennen und der ich annahm zu sein. Ein verzerrtes Gesicht ohne Lippen und Nase grinst mich diabolisch an, und nachdem die Lifttür sich lautlos öffnet, treten wir in einen schwülen und lauten Keller. Wir erforschen die Rohre und kriechen zu dritt durch den Abfluss der Welt. Hinunter in die Kanalisation. Dorthin, wo man uns schon seit Urzeiten erwartet.

In den verbleibenden Tagen passiert nicht mehr viel. Ich gehe Kumar und Lousenne erfolgreich aus dem Weg und nur einmal fahren wir gemeinsam in einem Jeep in die endlose Wüste. Es ist noch dunkel und kühl, als unser Guide, ein pummeliger Tunesier, fröhlich pfeifend den Zündschlüssel betätigt und den Motor startet. Ich sitze am Fenster, hänge fest in meinen Träumen und blicke verschlafen auf den zyanblauen schmalen Streifen am Horizont, welcher sanft und still den neuen Tag verkündet. Kumar und Lousenne schlafen im Auto. Ich bin froh darüber, komme ich somit nicht in die Verlegenheit, mit ihnen ein paar Worte wechseln zu müssen. Ich fühle mich absolut hintergangen und missbraucht, auch wenn es den Anschein hat, dass Kumar überhaupt nicht erfasst, was er angerichtet hat. Wir fahren mehr als zwei Stunden nach Süden, und als die Sonne einem nimmersatten Monster gleicht und die beiden erwachen, besuchen wir an den Ausläufern der Sahara ein verfallenes römisches Kolosseum. Auf dessen brüchigen Stufen verknackse ich mir den Fuß und kaufe später humpelnd eine Postkarte von diesem kaputten Bauwerk. Gegen Mittag, die Hitze ist unerträglich, schießen wir mit dem Auto über dunkelgelbe Dünen und ich habe den Eindruck, alles als supertoll und irgendwie total spannend empfinden zu müssen, doch das gelingt mir nicht. Beim ersten Hüpfer des Autos über eine Sanddüne stoße ich mir schmerzhaft den Kopf und mein Fußgelenk, parallel dazu eingezwängt im Schuh, pocht dumpf vor sich hin.

Wir fahren weiter durch die kristallene Unendlichkeit eines Salzsees, vorbei an den Zelten der Nomaden, zu einer grünen Oase. Dort trinke ich das kalte klare Wasser einer Quelle, welches aus schwarzem Stein ans Tageslicht sprudelt, und regeneriere meinen Körper im Schatten einer der mächtigen Palmen. Am Nachmittag reiten wir auf unmotivierten Dromedaren in irgendeinem Dorf im Kreis herum und ich fotografiere danach arme Kinder mit ihren dreckigen Gesichtern, deren strahlende Augen und weißen Zähne. Ich spüre, wie der heiße Wind meine Haut abschleift und weiß, als wir, dicke, lange Staubfahnen durch die Wüste ziehend, zurück ins Hotel fahren, dass dieses Land seine Unschuld längst verloren hat. Ich blicke enttäuscht und gelangweilt durch meine Sonnenbrille auf die Fata Morgana am Horizont. Kilometerlange Karawanen und ausgedehnte Meere sind dort zu sehen, und ich weigere mich zu glauben, dass dies alles profane Luftspiegelungen sein sollen. So lange, bis unser schnauzbärtiger, tunesischer Guide mir zuzwinkert und versichert, dies sei alles physikalisch begründbar. Ich mag ihn irgendwie ein bisschen, und deshalb vertraue ich diesem Mann.

Nachdem Kumar und Lousenne endlich, zwei Tage eher als ich, abreisen, schmeiße ich den Rest des Gummishits in eine Mülltonne hinter dem Hotel. Ich flirte kurz darauf im Treppenhaus mit der minderjährigen Putzfrau und stopfe am Abend Unmengen von süßen Datteln in mich rein. In den letzten Nächten lasse ich mich stundenlang im Pool mit dem Gesicht nach oben treiben, stiere dabei auf die Wanderung der Sterne und denke darüber nach, ob ich Asic jemals wieder sehen werde.

Mit einem Fallschirm, der an einem Motorboot befestigt ist, segele ich am Vortag meines Abflugs die Säumung des Strandes entlang. Am Abend dieses Tages rufe ich meine Mutter aus der Lobby des Hotels an, doch nur unser Anrufbeantworter meldet sich. Bevor ich schlafen gehe, setze ich mich auf eines der Sofas im Foyer und betrachte den Stein in meiner Hand, den ich für Asic aus der Wüste mitgenommen habe. Die Vermutung, dass nicht nur eine geographische Distanz uns trennt, wird mit jedem Tag stärker, und wenn ich an sie denke, tut das Gefühl in meinem Bauch immer mehr weh. Der Stein, nicht größer als eine Zigarettenschachtel und durch die Zeit zu der Form eines Wassertropfens gepresst, erweckt den Anschein, Zeuge einer längst vergangenen Zeit zu sein. Einer Zeit, in der die Wüste noch lebte, von einem dunkelgrünen Meer bedeckt wurde und die Menschen Fische fingen, um zu überleben. Immer fester halte ich dieses schwarze Überbleibsel in meiner Hand und umklammere es, als sei es das Letzte, was mir geblieben ist. Weich und warm pocht der Stein, gleich einem Herzen, und irgendwann gehe ich in mein Zimmer, versuche einzuschlafen, doch es gelingt mir nicht. Am nächsten Morgen steige ich deshalb, ohne geträumt zu haben, in das Flugzeug. Niemand sitzt diesmal neben mir, auch gibt es nichts zu trinken, geschweige denn akzeptable Stewardessen. Es scheint, als sei ich der letzte Passagier an Bord, auf einer Reise ohne Ziel. Ich fliege zurück, Richtung Norden. Zurück nach Hause, in den Osten.

Der Herbst war zu kurz. Das denke ich in dem Moment, als der Wind ein paar vergessene Blätter in die Höhe wirbelt und Lousenne mir erzählt, dass sie ihr Kind verloren habe. Peinlich berührt durch ihre Offenheit, starre ich auf den Boden, zünde mir eine Zigarette an und irgendwann, nach einer Ewigkeit, frage ich sie leise, ob sie wisse, warum das passiert sei. Sie verneint, indem sie stumm den Kopf schüttelt und sich eine Strähne ihres fettigen Haares aus dem Gesicht streicht. Ich kann mir schon vorstellen, was zu diesem Abort geführt hat, doch gehe ich darauf nicht näher ein. Meine Beziehung zu Lousenne ist dieselbe geblieben, es gibt nichts, was uns verbindet, und seit Tunesien ist sie mir bisher auch nicht über den Weg gelaufen. Komischerweise tut sie mir jetzt, nach ihrem Geständnis, irgendwie leid, auch hat sie sich unglücklicherweise äußerlich nicht zu ihrem Vorteil verändert. Die Körperhaltung ist gebückter, gebrochener als sonst – nun, kein Wunder bei diesem Schicksalsschlag, möchte man meinen. Eigentlich befand ich mich auf dem schnellsten Wege von Monti nach Hause, wir hatten uns gestritten, denn er empfand das C des Gitarristen von *Pandadöner* als minderwertig und akzeptierte meine Entscheidung nicht, dass Kumar als Dealer und Freund für mich gestorben war. Darum wollte ich bei mir allein was kiffen, dann noch was ziehen und meinen Anrufbeantworter auf Nachrichten von Asic abhören, doch vor einem der unzähligen Dönerläden sichtete ich Lousenne, die sich dort, total zerschlagen, an eine Büchse Bier klammerte. Nach einer unausweichlichen Begrüßung entschloss ich mich, sie nach Hause zu Kumar zu bringen, da sie echt scheiße aussah. Unterbewusst solidarisierte ich mich vielleicht sogar mit ihr, nur um Kumar eins auszuwischen, doch nach der Geschichte von Lousennes Fehlgeburt schwimmen mir die Felle davon und Kumar ist wieder einmal raus aus dem Schneider.

Wortlos schlagen wir jetzt einen Bogen um die kleine Baustelle auf dem Gehweg und die gelben Signalleuchten an den Absperrgittern erschaffen kurz eine wirre und sehr eigene Kulisse aus Licht. Einige Sekunden später bewegen wir uns weiter durch die Nacht, beschienen durch die gigantischen Lichtkegel der Straßenlaternen, auf der wohl größten und längsten Straße unserer Stadt, die am Tage einer viel befahrenen Geraden gleicht, doch jetzt wie leergefegt vor uns liegt und weit hinten in der Dunkelheit verschwindet. Ohne nach links und rechts zu blicken, überqueren wir eine Kreuzung, deren Straßen die Stadt wie schwarze Flüsse zerschneidet.

Um die quälende Stille zwischen Lousenne und mir zu durchbrechen, biete ich ihr an, das Fahrrad zu schieben, denn ihre Hand, mit der sie den Lenker umklammert, ist an den Knöcheln schon ganz weiß. Doch sie starrt weiter, wortlos und ohne auf mein Angebot einzugehen, ins Leere, und nun sage ich auch nichts mehr. Lousenne war schwanger, das hatte mir Kumar ja schon in Tunesien erzählt, und wenn ich von der Seite ihr Gesicht betrachte, so ist diese Vorstellung ziemlich furchterregend. Dieses Mädchen ist achtzehn und hat in ihrem Leben bereits alles vergeigt. Selbst ihr Kind hat sie verloren und komischerweise passt das alles zusammen, aber trotzdem verwirrt es mich immer mehr.

Bevor wir uns verabschieden und die Tür des Hauses, in dem Lousenne und Kumar wohnen, ins Schloss gefallen ist, fragt sie mich noch, ob ich zu ihrer Silvesterparty kommen möchte. Überfordert von ihrem Angebot – denn in den letzten dreißig Minuten haben wir mehr miteinander gesprochen als jemals zuvor – zucke ich für den Moment nur mit den Schultern, auch stört mich der Gedanke, den Jahreswechsel mit Kumar und ihr verbringen zu müssen. Da mir aber, nachdem Lousenne verschwunden ist, auf dem Weg nach Hause keine andere Option einfällt, um Silvester eben nicht allein mit meiner Mutter zu Hause zu sein, und ich mir wieder einmal darüber bewusst werde, dass ich nicht allzu viele Freunde habe, versuche ich an etwas anderes zu denken. An etwas anderes als an

Lousenne und ihr totes Baby. Nicht an Monti und auch nicht an Kumar. Nicht an Vivian, nicht an Opa und meinen Vater. Ich versuche an etwas anderes zu denken als an den letzten Sommer, an Tunesien und den Herbst, der unbemerkt an mir vorüberstrich. Auch nicht daran, dass sich Asic seit nun fast einem Jahr nicht mehr gemeldet hat, nicht daran, dass ich mich nicht mehr an ihr Gesicht erinnern kann, es sei denn, ich starre auf ein Foto von ihr. Ich versuche einfach an etwas anderes zu denken, an etwas Schönes vielleicht, denn irgendwie geht es mir nicht gut.

In derselben Nacht treibt es mich hinaus aus unserer Wohnung. Die Stille in den Räumen und die absolute Leere kann ich nicht mehr ertragen, und deshalb renne ich jetzt die Straßen entlang, hin zu dem Park im Zentrum. Regen peitscht mir ins Gesicht. Als ich auf der großen dunklen Wiese inmitten des Parks angekommen bin, schließe ich meine Augen und erlaube den Tropfen, meine Haut zu durchweichen. Ich habe kein Ziel, sondern hoffe durch meinen nächtlichen Streifzug, die Dämonen, die in mir tanzen, zu besänftigen. Nach einer Weile bemerke ich ein Winseln vom anderen Ende der Wiese, und als ich mich vorsichtig in die Richtung des Geräusches bewege, stolpere ich fast über einen Hund, der vor mir auf dem Boden liegt. Ich beuge mich ohne Angst zu ihm hinunter, kraule sein linkes Ohr und rede beruhigend auf ihn ein. Er zittert am gesamten Körper und schaut mich durch die Dunkelheit ängstlich an, und ich versuche ihn an mich zu ziehen, ihn fortzutragen von hier, doch ich bin zu schwach und er entgleitet mir immer und immer wieder. Traurig lasse ich von ihm ab, laufe davon, beginne zu weinen, stolpere und falle in nasses Laub, und dann umgibt mich plötzlich nichts außer Stille. Der Regen ist verschwunden und ein tiefer Himmel hat sich über mir aufgetan. Er schenkt mir die Sicht auf das Firmament, das unberührt von allem funkelt, und das Geräusch von Tropfen, die sich von den Blättern der Bäume lösen, beginnt die Luft um mich herum zu durchsetzen, wie verstreute Blumen auf einer Wiese. Nach einer ganzen Weile wird mir allmählich langweilig und kalt. Ich habe mich also etwas beruhigt und deshalb stehe ich auf und laufe weiter.

Als ich den Park verlasse, komme ich vorbei an einem riesigen, hell erleuchteten Gebäude, welches in den Himmel wächst und das ich noch nie zuvor gesehen habe. Als ich an der Einfahrt vorbeigehe, kann ich auch die Schrift auf dem weiß erleuchtenden Würfel erkennen, der sich auf dem Dach des Hauses langsam wie ein Globus dreht. *Institut für asiatische Medizin* steht dort geschrieben und ich muss sofort wieder an Asic, ihren Vater und dessen japanischen Dämon denken. Jetzt bemerke ich auch den Mann, der in dem Wärterhäuschen rechts vom Eingangsbereich steht und mich durch die Scheibe anstarrt, seine Hände, gleich einer Taucherbrille, um das Gesicht geformt. Und mir fällt nichts Besseres ein, als auf ihn zuzulaufen, und dann stehe ich vor ihm und nur das Glas trennt unsere ungleichen Leben. Seine Hände lösen sich von seinem Gesicht und berühren sein transparentes Gefängnis, dann lächelt er mich mit einem zahnlosen Mund an. Seine Lippen formen jetzt lautlos Worte und er deutet mit dem Zeigefinger auf mich und ich bekomme auf einmal echt Panik, da ich allmählich wieder zur Besinnung komme. Ich höre hinter mir Schritte, fahre herum, doch da ist niemand. Eine Leere eröffnet sich vor mir und tiefes Gurgeln dringt durch den Asphalt der Straßen zu mir herauf.

Am nächsten Morgen, nachdem ich mich wieder einigermaßen gesammelt und mir das C des Gitarristen von *Pandadöner* in die Nase gepfiffen habe, klingelt das Telefon und ich nehme ab. Einen Moment lang denke ich daran, dass es vielleicht Vivian ist, doch Teilnehmer Monti ist am Start. Ich frage, was so geht, aber eigentlich habe ich keine Lust, mit ihm zu reden, denn seit meiner Rückkehr aus Tunesien ist er, aus mir nicht nachvollziehbaren Gründen, sehr komisch und unterkühlt geworden. Er ist jedoch gerade total aufgelöst, und nachdem sich ein Schwall von unverständlichen Lauten durch das Telefon in mein Ohr ergossen hat, muss ich ihn bitten, noch einmal die Situation zu umreißen, in der er sich momentan befindet. Monti jammert jetzt leise durch das Telefon und erzählt mir stotternd, dass sein Weisheitszahn weh tue und er unbedingt zum Arzt müsse, aber da sei doch noch dieser Job im Einkaufszentrum, bei dem er in einem Weihnachtsmannkostüm, bewaffnet mit einem Korb voller Süßigkeiten, Kindern einen Bären aufbinden soll. Und da ich doch sein bester Kumpel sei, könnte ich für ihn einspringen, er würde dann auch für mich, nachdem er medizinisch versorgt wurde, zum Fluss hinunterlaufen und die Enten füttern. Was soll ich tun? Dass mich Monti als seinen besten Freund bezeichnet, ehrt mich ein wenig, und darum werde ich weich, sage zu, wünsche ihm viel Spaß beim Dentisten und erfahre noch, dass ich mich pünktlich um zwei Uhr bei dem Geschäftsleiter melden soll. Schickelgruber ist sein Name. Ist das nicht spitze? Hastig eine Zigarette zwischen die Lippen geklemmt und geraucht, dann ziehe ich ein wenig C und mache mich auf den Weg zum Weihnachtsmann.

Angezogen und das Haar nass zurückgekämmt, jage ich der Tram hinterher, welche dann tatsächlich noch hält, und springe hinein. Eine Invasion alter Menschen, um die ein paar bunte Schulkinder herumkreischen, empfängt mich, und um mich schnellstmöglich anzupassen, suche ich angestrengt nach dem Fahrschein, der sich in einer meiner Hosentaschen befinden müsste. Ich erfühle ihn mit den Fingerspitzen und stecke ihn in einen knallorangefarbenen Entwerter, der neben einem alten Mann, welcher schleimig hustet, auf dem Boden angeschraubt ist. Auf den Sitz gefallen, ziehe ich hastig atmend die Fotos aus der Innentasche meiner Jacke, die ich gestern, bevor ich Lousenne traf, aus der Drogerie abgeholt habe. Ich habe sie in einer der ersten Wochen nach Tunesien geknipst und nun betrachte ich die ausdruckslosen Gesichter von Monti und mir auf den ersten Abzügen des Films. Wir hängen auf einer limonengrünen Plüschcouch bei irgendeiner Party ab, und im Hintergrund steht eine verschwommene Welt. Keine Ahnung, wem ich damals den Fotoapparat in die Hand gedrückt habe, doch mir ist, als blickte ich auf altes vergilbtes Archivmaterial. Die restlichen Fotos, welche besoffene Tussen, blätterlose Bäume und pastellrot gefärbte Abendhimmel zeigen, überfliege ich so schnell, als mischte ich ein Kartenspiel, und auf einmal ist alles still, auch die penetranten Quengellaute des fetten Kleinkindes am anderen Ende des Waggons sind verstummt. Ich höre nur das Surren der Ticketentwerter, welche einen neuen Zahlencode festlegen, und aus dem Lautsprecher über mir plärrt blechern eine Maschinenstimme den Namen meiner zum Ziel gewählten Station.

Ich steige aus der Tram, tauche ein in einen schon sehr nach Schnee riechenden Wind und gehe vorbei an unzähligen Pennern, welche in den Unterführungen, auf den überfüllten Gehsteigen und vor den glitzernden Konsumpalästen knien. Gerade jetzt, in dieser Vorweihnachtszeit, strecken sie noch motivierter ihre Hände Richtung Himmel, als ob es dort irgendwas zu holen gäbe. Diese Narren! Unentwegt werde ich angerempelt von Leuten, die wie aus dem Nichts zu kommen scheinen und nur am Fressen sind. Knallrote Zuckeräpfel und verkohlte Bratwürste werden mit gehetzter Miene in die sogar jetzt noch plappernden Münder gestopft. Ich stammele die ganze Zeit irgendwelche Worte vor mich hin, während ich vergeblich versuche dieser infizierten Horde christkindgeiler Passanten auszuweichen. Hoch oben, auf dem Dach eines grauen Gebäudes, kündigt eine zuckende Leuchtreklame die nächste Weihnachtsmannsprechstunde an, und es kommt mir vor, als kranke hier etwas ganz gewaltig.

Der umgebundene Bart juckt furchtbar unter meiner Nase, als ich total bescheuert in diesem Santa-Claus-Outfit vor dem bierbäuchigen Geschäftsleiter des Konsumtempels stehe. Teilnahmslos ziehe ich mir dessen Instruktionen rein und nach einem penetranten Schulterklopfen und Maximalen-Erfolg-Gewünsche aus seinem stinkenden Mund halte ich kurze Zeit später apathisch sabbernden Kleinkindern, die von ihren Eltern auf den Schultern herumgetragen werden, knallbunte Lollis und Zuckerstangen vors Gesicht. Gelegentlich murmele ich etwas von *Frohe Weihnachten* in meinen schlohweißen Bart und nach einer Runde durch diese Hölle, in der laut kreischende Kinder mich verfolgen, bin ich total fertig, überlastet und gereizt und stelle deshalb den Korb mit Süßigkeiten vor der Sportartikelabteilung ab.

Ich verziehe mich mit dem Vorsatz auf die Herrentoilette, mir noch eine Line in die Nase zu jagen, um dann dort bis zum Feierabend zu verweilen. Angekommen in dem weißgefliesten Kasten, an dessen Tür das Abbild eines schwarzen Mannes klebt, lege ich mir in einer der Kabinen eine fette Bahn und dann geht es mir auch gleich besser. Ich beruhige mich ein wenig, setze mich auf den Toilettendeckel und versuche nach einigen Minuten aus der Rolle Klopapier irgendwas Lustiges zu basteln, doch irgendwie gelingt mir dies nicht. Deshalb hänge ich dann wie in Trance, den weißen Synthetikbart in den Händen, in der Kabine ab, lese diverse Ergüsse triebgeiler Artgenossen, welche hastig an die Tür geschmiert wurden, und überlege, ob ich mir einen wichsen soll oder nicht. Stunden vergehen, und mehrmals stört mich eine Putzfrau bei meinen geistigen Anstrengungen. Beim zweiten Durchwischen klopft sie sogar besorgt und schüchtern an die verschlossene Tür, und ich schnauze genervt, dass es hier nach Scheiße stinke und sowieso besetzt sei. Irgendwann muss ich wieder an Asic denken, an das Gefühl in meinen Fingerkuppen, wenn ich über die blasse Narbe knapp über ihrem Schambein strich und an ihre Tränen, wenn im Fernsehen ein Tier starb. Ich verspüre anhand der Bilder, aus denen meine Erinnerungen bestehen, nur noch, dass ich sie vermisse, und ich streiche mir mit geschlossenen Augen die Haare aus der Stirn, berühre mich etwas und weine ein bisschen dabei.

Heiligabend: Warum ich ihre Briefe nicht beantwortet, die Anrufe ignoriert und mich nicht gemeldet habe? Warum ich es nie versucht habe, sie zu erreichen? Was mit mir los sei? Ob ich eingeschnappt oder sonst irgendetwas passiert sei? Egal, bestimmt habe ich irgendwann bemerkt, dass sie es aufgegeben habe, den Kontakt zu mir aufrechtzuerhalten. Ebenfalls verlange die Uni einiges von ihr ab und auch habe sie den Kopf mal so richtig frei bekommen müssen von uns und all dem, was passiert ist. Vergessen seien jetzt die bösen Erinnerungen, die anfangs noch wie ein Schatten über ihr schwebten. Gott sei Dank gäbe es drüben nette Leute und frische Impulse. Die Professoren in ihrem Studiengang seien der Hammer und ihre Kommilitonen schwer in Ordnung. So erwachsen und gelöst. Der Campus sei absolut bezaubernd, alles sei sehr angenehm, ganz anders als hier im Osten. In dieser schrecklichen Stadt, die sie einfach nur runterziehe und deshalb auch nie vermisst habe. Und es sei nie Post gekommen? Bestimmt nicht? So richtig glauben will sie mir nicht, aber ich spüre, dass sie mir immer noch vertraut, auch nach dieser langen Zeit. Klar, sie habe oft an uns gedacht, meist abends, so kurz vor dem Einschlafen. Dann habe sie auch manchmal geweint, doch nach den ersten Wochen keinen Bock mehr auf diese Melancholie gehabt. Das war auch der Zeitpunkt, an dem sie es aufgegeben habe, mich zu erreichen, und zu fühlen begann, dass es wohl besser so ist. Ob es mir gut gehe? Wie ich klar gekommen sei, so alleine, in den vergangenen Monaten? Was macht Lousenne und was macht Kumar? Die Haare habe sie sich geschnitten und ja, ihr neuer Look gefällt ihr gut. Ausrasierter Nacken und dezente Strähnchen. Keine Ahnung, ob sie es eine Weile so lässt. Als sie heute Morgen hier wieder ankam, sei ihre Mutter traurig gewesen. Ihrem Vater fielen jetzt die Haare in Büscheln aus, sie selber habe ihn noch nicht gesehen. Er sei noch immer im Krankenhaus, auch habe sie ein wenig Angst vor Weihnachten und dem ganzen Wahnsinn, der dazugehört. Sie fühle sich irgendwie fremd und fehl am Platz. So abgestellt, eben zurück im Osten. Was auch immer, es sei ja auch egal.

Asics Stimme klingt ruhig und angenehm und vertraut. So sehr, dass es weh tut, wenn ich auf das Foto von ihr starre, welches vor mir auf dem Tisch liegt. Und obwohl ich weiß, dass sie mir nie geschrieben hat, presse ich den Hörer an mein Ohr und habe die Augen geschlossen. Ich muss an die Nacht vor ihrer Abreise denken, in der wir uns nicht getrauten einzuschlafen, weil es ein Abschied für immer sein sollte. An den Morgen danach, wie sie vor dem Spiegel des Badezimmers stand und sagte, dass alles ein Fluss und in Bewegung sei. Ich wusste nicht, was sie damit meinte, doch traute ich mich auch nicht zu fragen, warum und weshalb sie so etwas sagte. Still sah ich ihr beim Lackieren der Fingernägel zu und starrte, nachdem sie das Bad verlassen hatte, auf die weißen Fliesenwände, die mich umgaben. Dann stand ich auf und blickte in den Spiegel vor mir, der, beschlagen durch die feuchte Wärme an diesem Ort, langsam die Konturen meines Gesichtes freigab.

Trotz alledem könnten wir aber, wenn ich möchte, am Abend des ersten Weihnachtsfeiertages ins Konzert gehen, fährt Asic fort. Zwei Karten für diese Aufführung habe sie von ihren Eltern erhalten, und da sie mich sehen möchte, um einfach mal ganz freundschaftlich zu quatschen, könnte ich sie ja begleiten. Den heutigen Abend werde sie wohl mit ihren Eltern verbringen müssen, auch dürfen sie nicht wissen, dass sie mit mir gesprochen hat. Und nach all ihren Aussagen, die mich innerlich zerreißen und die ich wie Faustschläge in meinem Magen spüre, sage ich zu Asic, dass ich sie vermisst habe und dass ich nichts von dem, was zwischen uns war, vergessen kann. Es folgt eine lange und quälende Stille, und dann ist es ihr Atem, der durch die Leitung stößt. All das ist Asic, jetzt und in diesem Augenblick, der, von mir so lange ersehnt, mich unerwartet stark trifft. Und ich atme leise und so flach wie möglich. Versuche ganz ruhig zu sein.

Nachdem ich den Hörer auf die Gabel des Telefons gelegt habe, stehe ich auf und gehe ins Bad. Ich bin fest entschlossen, meine Stirn gegen den Spiegel zu schlagen, der von meiner Mutter über der gläsernen Ablage aufgehängt wurde, doch es weicht alle Kraft aus mir und ich rutsche vor der Duschkabine zusammen. Als ich mich wieder etwas fitter fühle, ziehe ich mich an dem Porzellanrand der Toilette hoch, mühe mich vorsichtig und unsicher wieder auf, bis ich konfus in der Mitte des Raumes stehe und meinen stark irritierten Gesichtsausdruck im Spiegel betrachten darf. Ich beuge mich über das Waschbecken, um mir kaltes Wasser ins Gesicht zu schlagen, dann geht es mir schon etwas besser.

Es ist komisch, all die Monate habe ich gewartet, gehofft und mich mit Erinnerungen an Asic herumgeschlagen, doch jetzt, nachdem sie mich nach fast einem Jahr das erste Mal angerufen hat, verändert sich nichts zum Positiven. Ich bin in den letzten Minuten eigentlich nur trauriger und unsicherer geworden, und das von mir gepflegte Verlangen nach ihr ist einer Angst vor einem fremden Menschen gewichen. Sie spielt jetzt in einer anderen Liga, so wie sie es immer tat. Und der Unterschied zu früher ist die Tatsache, dass ich der Junge geblieben bin, der ich immer war, und Asic nicht mehr das Mädchen ist, das ich einmal kannte.

Am frühen Nachmittag läutet erneut das Telefon. Es ist Monti, der mir ankündigt, er habe ein Weihnachtsgeschenk für mich. Er fragt, ob ich heute Abend bei ihm vorbeikommen möchte, um es entgegenzunehmen. Die Dinge überschlagen sich, eigentlich wollte ich später noch nach Vivian schauen, aber ich bejahe seine Frage, da es mich schon ein wenig interessiert, was er sich da ausgedacht hat. Mir wird wiederholt bewusst, dass ich heute Morgen mit Asic telefoniert habe, und um den restlichen Tag zu überleben, muss ich noch was ziehen, so wie kurz nach dem Gespräch mit ihr. Also gehe ich in mein Zimmer, setze mich an meinen Schreibtisch und ziehe mir eine hammerfette Line C rein. Ich kann immer noch nicht verstehen, was Monti an dem Stoff von *Pandadöner* auszusetzen hat, denn meine Hoden ziehen sich in den Unterleib zurück und es beginnt in der Nähe meiner Bandscheiben zu stechen. Ich brauche eine Weile, um klarzukommen, dann verspüre ich das Bedürfnis, einen Brief an mich selbst zu schreiben. Als mir nach einer Weile nichts mehr einfällt, was es wert wäre, zu Papier gebracht zu werden, falte ich das von mir wirr beschriebene Blatt und stecke es in die Gesäßtasche meiner Jeans, gehe in die Küche und trinke dort ein Glas Wasser aus der Leitung.

Gegen Abend, als ich mich gerade auf den Weg zu Monti machen möchte, laufe ich zu allem Überfluss meiner Mutter über den Weg. Sie überreicht mir etwas Schokolade, wünscht mir frohe Weihnachten und streichelt meinen Kopf. Leider habe ich vergessen, für sie ein Geschenk zu besorgen, und obwohl ich mich nicht erinnern kann, dass wir uns jemals etwas zu Weihnachten geschenkt hätten, bereue ich, in diesem Jahr nichts für sie zu haben. Warum weiß ich auch nicht, und als ich mit leeren Händen vor ihr stehe, meint sie, dass das doch nicht so schlimm sei. Sie würde sich freuen, mit mir in die Kirche zu gehen, und da es mir peinlich ist, sie fast vergessen zu haben, willige ich ein.

Die Luft ist feucht und auf der Straße spiegeln sich die Scheinwerfer der vorbeifahrenden Autos. Wir laufen schweigend nebeneinander her und ich versuche mich angestrengt an den Mädchennamen meiner Mutter zu erinnern, doch er fällt mir nicht mehr ein. In der kleinen Kapelle, in der vor dem Altar die Dekoration des Krippenspieles zu sehen ist, finden wir in einer der vorderen Reihen Platz. Die untersetzte Pastorin ist erkältet und ihre Stimme dadurch stark in Mitleidenschaft gezogen. Während des Gottesdienstes, den sie mit krächzenden Worten untermalt, starre ich lange auf den liebevoll geschmückten Tannenbaum, der nicht weit von mir entfernt steht. Ich kann den schweren Geruch seiner dunkelgrünen Nadeln wahrnehmen und versuche mich an das Gefühl zu erinnern, das man als Kind zu Weihnachten empfindet. Ich glaube, ich vermisse es sehr, Dinge zum ersten Mal in meinem Leben kennenzulernen. Leise singt die Gemeinde *Stille Nacht* und begleitet damit meine Erinnerungen. Ich empfinde eine tiefe spirituelle Endgültigkeit und muss mich zusammenreißen, nicht gleich wieder loszuheulen.

Nach dem Gottesdienst treten wir beide hinaus in einen schneidend kalten Abend. Während meine Mutter auf dem Rückweg die erleuchteten Tannenbäume in den Fenstern zählt, laufe ich apathisch neben ihr her, hänge fest in meinen Gedanken und summe eine mir bekannte und traurige Melodie. Zum Abendbrot gibt es Wiener Würstchen und kalten Kartoffelsalat. Es herrscht eine unheimliche Stille in der Wohnung, und während wir essen, spricht niemand von uns beiden ein Wort. Hin und wieder ist das Geklapper unserer Bestecke zu hören. Im Grunde hatten wir uns nie viel zu sagen.

Wir trennen uns früh an diesem Abend, und ich gehe zu Monti, nicht ohne mir noch in meinem Zimmer eine ordentliche Line gelegt zu haben. Draußen trudeln schmutzige Flocken zur Erde, und niemand stört meine Gedanken, als ich die menschenleeren Straßen entlangstreife. Asic und Monti, Lousenne und Kumar. Ein schwacher Wille zu verschwinden und die sofort darauf eintretende Ratlosigkeit bei dem Gedanken, dies umzusetzen. Eine Menge von diesem sentimentalen Scheiß geht mir durch den Kopf, und ich greife in meine Jackentasche, doch da sind keine Zigaretten und auch die Straße bietet keine Möglichkeit, neue zu beschaffen. Den Rest des Weges bin ich blind vor Tränen. Ein Penner verkriecht sich brabbelnd in einem nach Pisse stinkenden Hauseingang.

Als ich tief in der Nacht in Montis Wohnung eintrete, fasst der mich sofort an der Hand und flüstert mir zu, dass er noch duschen möchte. Obwohl ich das sehr gut nachvollziehen kann, da ich mich auch nach mehrmaligem Duschen am Tag immer noch dreckig fühle, wird mir etwas mulmig nach dieser Aussage. Monti verschwindet im Bad und ich setze mich auf den Hocker in seiner Küche, der rechts vom Tisch steht, und überlege angestrengt, was Monti da für mich haben könnte. Mir fällt auf, dass seine Küche ungewöhnlich gründlich aufgeräumt ist und die leeren Hundefutterdosen verschwunden sind. Letztlich macht es mich nur nervös, dass er im Bad ist, ich aber das Rauschen des Wassers nicht hören kann, und deshalb stehe ich auf, laufe etwas hin und her und bleibe schließlich vor dem Kühlschrank stehen. Ich öffne ihn, nehme eine Flasche Mineralwasser heraus, fülle etwas von deren Inhalt in ein komisches grünes Glas, das ich von dem Holzregal, welches über der Spüle hängt, herunternehme, stelle es auf den Tisch. Angestrengt schaue ich auf die Kohlensäurebläschen, die unermüdlich an die Oberfläche des Wassers steigen. Nach ungefähr fünf Minuten gebe ich total fertig den Versuch auf, eine empirische Analyse über die durchschnittliche Anzahl steigender Bläschen in halbstillem Mineralwasser zu starten.

Während ich wieder auf dem Hocker Platz nehme, wird die Badezimmertür geöffnet und ich höre Monti, wie er in sein Zimmer schlurft, eine Schublade öffnet und dann über den Flur zurück zu mir in die Küche kommt. Da steht er nun, nur in ausgewaschenen Shorts, obwohl es in seiner Wohnung eiskalt ist, und auf der Brust seines freien Oberkörpers kann ich einen leichten, blonden Flaum sehen. Monti streckt mir seine rechte Hand entgegen, in der ein mit Zeitungspapier umhülltes Päckchen liegt, und ich betrachte es stumm eine Weile, bevor ich es entgegennehme. Das Päckchen ist nicht besonders voluminös, in etwa von der Größe einer Zigarettenschachtel, nur etwas schmaler. Der Doppelknoten, den Monti sehr fest gezogen hat, bereitet mir Schwierigkeiten und ich frage nach einer Schere. Monti geht zur Spüle, öffnet die rechte obere Schublade und stiert eine Ewigkeit in sie hinein. Endlich kramt er darin herum und nach gefühlten zehn Jahren kommt er, eine verrostete Papierschere mit roten Plastegriffen in der Hand, die Luft zerschneidend auf mich zu. Als ein Feuerzeug nach ungefähr zehn Seiten Börsennachrichten begleitet von Montis erwartungsvollen Blicken in meiner Hand liegt, sitze ich total zerstört vor ihm und weiß nicht so richtig, was ich dazu sagen soll. Endlich lege ich es auf den Tisch, betrachte es mir etwas genauer und probiere es dann doch noch aus. Das Feuerzeug ist knallrot und der Form einer Jukebox nachempfunden. Wenn man jemandem damit Flamme geben möchte, blinken ungefähr sechs rote Glühlämpchen auf einmal auf, die an der einen Seite in recht eckiger Form angebracht sind. Falls die Birne in der oberen linken Ecke länger leuchtet als alle anderen, wird eine dämliche Melodie gespielt. Ich muss zugeben, es ist kein überragendes Geschenk, aber ich kann sogar verstehen, warum Monti es kaufte – nicht, warum er mir solchen Scheiß schenkt, aber schon, dass er damit irgendetwas ausdrücken möchte. Eine Geste der Freundschaft vielleicht, keine Ahnung. Das Telefongespräch von heute Morgen und die Schwere von Asics Worten sind auf einmal wieder sehr präsent und zerschneiden mich noch immer. Wie soll ich damit klarkommen? Meine Einstellung zu ihr ändert sich fast minütlich. Mal schaffe ich es, dies alles wegzuschieben und zu banalisieren, doch dann schwappt unverhofft eine Welle aus Einsamkeit und Enttäuschung über mich. Ich sehne mich in dieser immer stärker werdenden Verzweiflung nach einem Schmerz, der mich ablenken könnte und für einen kurzen Moment alles entkrampft. Ich brauche etwas Spürbares, etwas Begreifbares, doch dies wird mir vorenthalten. Der Wasserhahn spuckt zu meinen Gedanken rhythmisch Tropfen in das Spülbecken, und von Monti fehlt auf einmal jede Spur. Ich muss etwas finden, um den Druck der Leere in mir abzulassen.

Ich streife den linken Ärmel meines Sweatshirts nach oben und greife mit der rechten Hand nach dem Brotmesser auf dem Tisch vor mir, dann schneide ich mir tief in das Fleisch meines Oberarmes und kurz darauf läuft warmes, dickes Blut meine Haut hinunter und tropft vom Ellenbogen herab auf meine Jeans. Erst als die Klinge nach mehreren Schnitten fast den Knochen meines Armes berührt, verspüre ich so etwas wie Befreiung, und darum höre ich auf, an mir herumzuschneiden und lasse das Messer auf den Boden fallen. Ich sitze auf dem Hocker in der Küche und schaue aus dem Fenster, während das Blut weiter an mir heruntertropft. In dem düsteren Flur, der nur spärlich von einer nackten Glühbirne erhellt wird, knackt es beängstigend, und dann beginnt das Licht in der ganzen Wohnung zu flackern. Ich drehe meinen Kopf in Richtung dieses Lautes, bereite mich darauf vor, dass gleich der verweste Torso eines Menschen um die Ecke kriecht und meinen Namen flüstert. Doch wie immer geschieht nichts und ich drücke noch mal auf dieses verdammte Feuerzeug. Ich habe dieses Leben nie gemocht.

Wie ein Orkan bläst mich der Eingangschor *Tönet, ihr Pauken! Erschallet, Trompeten!* eines Oratoriums vom alten Bach durch alle Sphären. Ich sitze neben Asic in dem Konzertsaal, bin halbwegs zugedröhnt und das Licht vor mir auf der Bühne lullt mich ein. Bevor wir beide schweigend mit der Tram hierher gefahren sind, wartete ich eine Weile vor Asics Haus, um mich zu ordnen und auf das Kommende vorzubereiten. Der Pool im Garten war mit einer grünen Plane bedeckt und ich ging über den kleinen Weg an ihm vorbei und die Stufen hinauf bis zu der schweren Haustür. Ich klingelte und nach einer Weile hörte ich gedämpfte Schritte, die auf dem Teppichboden im Haus näher kamen, immer klarer wurden, bis die Tür schließlich von Asic geöffnet wurde. Und dann stand sie vor mir. Eine spürbare Kälte ausstrahlend, erwartete sie mich, sichtbar zu Tode gelangweilt. Ihr Gesicht war blass und eingefallen und ich konnte die Venen am Hals durch ihre pergamenthafte Haut pochen sehen. Jetzt ist sie wirklich magersüchtig geworden, war mein erster Gedanke. Automatisiert gaben wir uns die Hände und blickten dem Gegenüber nicht in die Augen. Die erste Begegnung mit ihr, nach all den Monaten des Alleinseins, war entgegen meinen Erwartungen unspektakulär und ernüchternd. Ein totaler Reinfall. Dennoch bat Asic mich hinein und ich folgte ihr. Komplett angezogen stand ich in dem kalten Flur herum, während Asic sich so durch die großgeschnittenen Räume des Hauses ihrer Eltern bewegte, als sei ich überhaupt nicht da. Verloren und nicht wissend, was ich tun sollte, folgte ich ihr. Ich beobachtete sie dann, als sie im Schlafzimmer ihrer Eltern vor einem riesigen Spiegel ihre Abendgarderobe anprobierte und verträumt ihren merklich dünner gewordenen Körper musterte, um dann mit den Händen über ihren flachen Bauch zu streichen. Wir beide hatten uns wahrlich lange nicht gesehen. Nachdem sie, anscheinend genervt von meinen Blicken, die Schlafzimmertür geschlossen hatte, rauchte ich in der Küche eine Zigarette. Dort fanden wir auf dem Tisch einen Zettel ihrer Mutter und darunter die zwei Eintrittskarten für die Aufführung, in der wir jetzt sitzen.

Ich versuche gerade die Zuckungen des Kapellmeisters in meinem Kopf abzuspeichern, doch seine Bewegungen verwirren mich, und ich muss die Augen schließen, um nicht durchzudrehen. Asic trägt ein schwarzes, fast transparentes Kostüm, darunter halterlose Strümpfe, und silberne Ohrringe, die einer Spirale gleichen, verzieren ihre Ohrläppchen. Ich starre eine Weile auf diese Karikatur der Unendlichkeit, so lange, bis Asic mir ins Gesicht blickt und dann mit dem Zeigefinger auf das Orchester deutet, um mich aufzufordern, meine Konzentration dorthin zu lenken. Verschmäht und enttäuscht blicke ich wieder nach vorn auf die Bühne und ziehe dann den Brief, den ich nach unserem Telefonat vor zwei Tagen an mich selbst geschrieben habe, aus meiner Hosentasche und lese ihn wieder und wieder.

Es gibt kein wirkliches Motiv, welches mich animiert, diese Zeilen zu formulieren. Ich glaube, es ist die Einsamkeit, die mich dazu bewegt, den Stift in die Hand zu nehmen, wirres Zeug zu schreiben, um dann ruhelos aus dem Fenster zu schauen. Ich erkenne meine Isolation an. Sie ist wohltuend und wärmend. Ein Kuss, ein Wort, welche Bedeutung hat dies alles? Welcher Plan liegt dem zugrunde? Es gibt keine Zukunft, denn unser Treiben gleicht einer Irrfahrt. Du kannst vor mir stehen und unsere Blicke berühren sich, doch es gibt keinen Ursprung und keine Wurzeln. Wir bewegen uns inmitten einer abgetanen Welt, die bald wie eine Seifenblase zerplatzen wird. Ich hoffe das Beste für Dich, meinen Freund. Gerade jetzt, in dieser Zeit.

Meine Hand zittert beim Lesen dieser Worte, die mir auf einmal fremd und irreal erscheinen. Es sind Fiktionen eines fremden Menschen, die – an mich gerichtet – ihr Ziel verfehlen. Ich falte den Zettel wieder zusammen und stecke ihn in die Innentasche meines Sakkos, hefte ihn an mein Herz, welches dumpf gegen meinen Brustkorb schlägt.

Später, als das musikalische Spektakel verflossen ist, strömen die Zuschauer aus dem Saal, hinaus in die sternenklare Nacht. Asic und ich bleiben noch sitzen und ich belausche ihren Atem. Der Saal umgibt uns mit seiner Menschenleere und Asic sieht neben mir auf einmal unendlich traurig aus. Ihre Mundwinkel zittern und ich frage, ob sie mir etwas sagen möchte, doch sie zuckt nur mit den Schultern und fängt leise an zu weinen. Ich fasse sie am Arm und ziehe sie aus dem Sessel. Verloren stehen wir uns gegenüber und meine Hand berührt ihren Ellenbogen, doch vermag diese Geste keine Wärme mehr zu vermitteln.

Als wir endlich draußen auf der Straße stehen, blicke ich an ihr vorbei auf ein riesiges Werbeschild. *Entkräftet* prangt dort in weißen Lettern und wir streifen daraufhin eine lange Zeit stumm durch die Nacht. Irgendwann stehen wir auf der größten Brücke der Stadt, die sich über den Fluss ausdehnt und ich lehne mich über deren eiserne Brüstung und starre in das schwarze Wasser. Bald spüre ich, wie Asics Hand sich auf meine Schulter legt und mich sanft zurückzieht, und jetzt stehen wir uns gegenüber und das orangefarbene Licht der Straßenlaternen spiegelt sich in ihren Augen. Meine Arme hängen taub und leblos an mir herunter und ich habe den Eindruck, als würde Asic in mich hinein blicken und spüren, wie beschissen es mir geht. Sie tritt nah an mich heran und ich kann den kindlichen Duft ihrer Haut riechen, als sie in mein Sakko greift und den Zettel dort findet. Anscheinend hat sie mein Lesen während des Konzertes mehr als gestört. Jetzt überfliegt sie die von mir hingekrakelten Zeilen, und nach einer Weile blickt sie wieder auf und schaut mich missbilligend und voller Abscheu an. Die Zeit steht still und die Luft ist wie eine Wand, die dazu verführt, sich dagegen zu stemmen. Die Welt um mich herum beginnt sich zu drehen, und ich trete auf Asic einen Schritt zu und umarme sie, doch es ist wieder so, als wären wir Fremde. Eine unüberwindbare Kluft trennt unsere Seelen, auch wenn ich ihren Körper fest an mich gepresst umschlinge. Kurz währen diese Sekunden, bevor sie sich endgültig von mir befreit. Wir stoßen uns regelrecht voneinander ab. Bevor sie mich verlässt, schaut Asic mir noch einmal tief in die Augen und kurz ist es so, als wollte sie etwas sagen, aber dann dreht sie sich um und das Geräusch ihrer Absätze hallt auf dem Beton der Gehwegplatten wider, weit hinaus in die Stille der Nacht. Je weiter sie sich von mir entfernt, desto mehr umgibt sie Dunkelheit, die wie ein wildes Tier auf sie lauert, um sie schließlich ganz zu verschlucken.

Die frühen Morgenstunden des zweiten Weihnachtsfeiertages verbringe ich damit, meinen Arm zu verbinden, denn die Wunde hat sich entzündet und eitert, auch habe ich nichts mehr zum Ziehen und starke Schmerzen. Ich verspüre mehr und mehr den Wunsch, mich von allem zu befreien, was ich besitze, und von dem, was mich umgibt. Also fahre ich mit der Tram in das Zentrum der Stadt und versuche dort wahllos Dinge, die mal mir gehörten, an Leute auf der Straße zu verschenken. Nicht immer gelingt mir dies, da die Menschen mich anscheinend nicht verstehen, und obwohl ich mich bemühe, nicht aufdringlich zu wirken, gestaltet sich mein Vorhaben schwierig. Ein paar CDs werfe ich einem Penner vor dem Bahnhof in seinen speckigen Hut und renne weg, als er mich lauthals fragt, ob ich ihn verarschen wolle. Kleinen Kindern auf einem Spielplatz versuche ich ein paar Sammelkarten zu vermachen, doch sie flüchten schreiend und kommen nach nicht allzu langer Zeit mit ihren wütenden Eltern zurück. Ich schlängele mich enttäuscht durch die Menschen auf der Straße, kaufe mir sinnlose Sachen, um sie kurz darauf wieder wegzuwerfen. Jetzt gerade sind es ein paar beige Damensöckchen, die in dem Papierkorb vor mir landen. Später kaufe ich eine Puddingbrezel, die ich aber nur zur Hälfte esse, den Rest verfüttere ich an die Enten am Fluss.

Gegen Mittag habe ich wieder ein Hoch und deshalb gehe ich zu Vivian mit dem Vorsatz, endgültig mit ihr Schluss zu machen, aber auch in der Hoffnung, dass sie etwas C am Start hat. Ich habe nichts mehr auf Vorrat, den Gitarristen von *Pandadöner* erreiche ich nicht und Kumar, na ja, das hatte ich ja schon erzählt.

Vivian öffnet mir die Tür und fällt mir um den Hals. Sie scheint sich zu freuen, denn wir haben uns ziemlich lange nicht mehr gesehen. Durch ihre Berührung zucke ich vor Schmerzen zusammen, die Wunde an meinem Arm tut höllisch weh und darum frage ich Vivian noch im Flur, ob sie was am Start habe, und sie bejaht meine Frage. Astreines Zeug von Kumar hat sie da. Ganz frisch aus der Tschechei, und ich frage mich, während wir uns an ihren Wohnzimmertisch setzen und sie zwei dicke Lines vorbereitet, ob ich Kumar verzeihen sollte, genügend Gründe gäbe es ja. Als wir dann voll drauf sind und ich wieder richtig geil auf Vivian werde, setze ich mich zu ihr auf die Couch und versuche ihre Brüste zu berühren. Doch sie wehrt meine Hand ab und rutscht von mir weg und sagt, dass das mit dem Sex und uns nicht mehr so weitergehen kann. Wir könnten uns aber gut unterhalten, denn sie mag mich ja irgendwie. Außerdem habe sie den Kopf voll mit anderen Dingen, denn sie habe sich auf einer der letzten Partys wahrscheinlich verliebt, in so 'nen Typen, der sei ganz süß und so. Irgendwie trifft mich das richtig, und Vivian jetzt nicht ficken zu können, ist mehr als frustrierend. Deshalb stehe ich auf, laufe durch ihre Wohnung und stelle mich dann in die Küche und blicke durch das Fenster auf die dicken Wolken, aus denen wohl bald wieder Schnee fallen wird. Auf einmal steht Vivian hinter mir und umfasst mich mit ihren Armen und sagt, dass wir es schon nochmal tun können. Aber ich solle nicht zu viel erwarten, sie sagt, sie würde sich mir zur Verfügung stellen, oder so was in der Art. Besser als nichts, denke ich bei mir und ziehe Vivian hinter mir her in ihr Schlafzimmer.

Nach Minuten peinlicher Bemühungen in Vivian einzudringen, sinke ich schließlich deprimiert und erschöpft wieder in das Laken ihres Bettes und schließe die Augen. Ich habe keinen hochbekommen und mein Vorhaben, ein letztes Mal mit Vivian zu schlafen, scheitert somit kläglich. Ein weiteres unmissverständliches Zeichen, dass bereits alles hinüber ist. Offenbar wendet sich die Wirkung des C gegen mich und meine Potenz, die ich auf dem Zeug doch immer bewunderte. Voller Selbstzweifel kippe ich demzufolge in der nächsten halben Stunde alles, was Vivian und mich noch verbindet, und das ist, so glaube ich, nicht mehr allzu viel. Fairerweise versuche ich nach diesem sexuellen Desaster über uns beide zu reden. Wenigstens dieses eine Mal will ich ein Gespräch führen, welches unsere Persönlichkeiten mit allen Kanten und Fugen respektiert. Wer ist diese Frau? Wer dieser Mensch, mit dem ich eine kurze Zeit meines Lebens teilte? Beende ich das zwischen uns, weil gar nichts, nicht einmal mehr der Trieb uns verbindet? Vielleicht habe ich für Vivian sogar mehr empfunden, als ich es mir jemals eingestehen werde. Aber jetzt, da diese Sache bald nicht mehr als eine Erinnerung sein wird, fällt mir auf, wie ähnlich sie sich beide sind. Vivian und Asic. Asic und Vivian.

Nachdem alles geklärt ist, aber wiederum auch alles offen, verlasse ich Vivians Wohnung, vielleicht nun zum letzten Mal. Ich streife durch die Straßen der Stadt und es kommt mir vor, als existiere nur ein Ideal, welches aber nicht greifbar oder erfüllbar ist. Doch kann ich mich an eine Zeit erinnern, in der diese Gewissheit für mich noch nicht erkennbar oder gänzlich unbekannt war. In dieser Zeit bin ich auf die Straßen hinaus gegangen. Clean und unverbraucht habe ich mit den Menschen dort geredet und versucht in ihre Welt zu blicken. In dieser Zeit brauchten wir uns nur in die Augen zu schauen und fühlten uns gut dabei. Verstanden und vereint. Was ich damals nicht wusste: Dies waren die letzten Stunden eines Moments. Eines Augenblickes, der wie eine Welle an einem Riff zerbrach und ohne jegliches Rauschen, ohne einen Laut von sich zu geben, einfach so verschwand. Doch wenn ich mich jetzt anstrenge, kann ich das Echo dieses Zerfalls hören. Das Echo eines Knalls, der von uns nie wahrgenommen, aber jetzt von mir als immer stärker spürbar empfunden wird.

Ich mache Halt vor einem Fernsehladen und durch die Scheiben aus dickem Glas blicke ich auf die Szenen der dort aufgetürmten Bildschirme. Und in diesen Bildschirmen bewegt sich ein Meer, zusammenfügt aus abertausenden Wellen, und die Wellen schlagen hoch bis zu einem Himmel, der sich zusammenzieht und wieder ausdehnt. In einem der Bildschirme geschieht etwas Furchteinflößendes. Dort ist kein Wasser, dort herrscht kein Leben, dort regiert nur Stagnation, und von dort aus starrt mich jetzt mein Abbild, von einer versteckten Videokamera eingefangen, gleich einer Teufelsfratze an. Ich stehe Stunden vor diesem Laden und stiere dem in die Augen, der mir so gleicht, mir so vertraut und doch so fremd erscheint. Das Meer bewegt sich weiter als Peripherie um mein digitales Abbild, und die Gespräche der Leute und der Lärm der Straße schwellen stärker und stärker an. Bald ist es nur noch ein brennender Schmerz auf meiner Haut, und dann wird alles still, so ruhig und friedlich wie lange nicht mehr. Die Welt zerfällt und prallt immer stärker von mir ab.

Silvester bei Kumar treffe ich sie alle wieder. Alle, die mir einfallen, wenn ich an das letzte Jahr denke. In eine Art Kartoffelsack gehüllt steht Lousenne im Treppenhaus vor Kumars Wohnung, trinkt Bier und erzählt gerade einer Tusse mit heftiger Akne von ihrem Wunsch, mal nach Indien zu reisen. Dort sollen Kinder auf den Straßen verhungern und von Ratten angeknabbert werden, und sie wisse nicht, ob sie diese Konfrontation mit der asiatischen Realität überhaupt durchstehen würde, wäre sie bei dieser Reise doch eher auf der Suche nach ihrer spirituellen Mitte. Vielleicht sollte sie lieber gleich nach Goa fahren, um dort auf einer der legendären Partys zu versacken. Ein bisschen Feiern und Relaxen wäre wohl das Beste, sie kenne dort einen Belgier, der seit fünf Jahren einen Club auf der Insel leitet. Das alles bekomme ich beim Bewältigen der letzten Stufen mit, so schnell plappert Lousenne. Es war ein Fehler, hierher zu kommen. Das ist mir bereits jetzt bewusst. Ich erspare mir eine Begrüßung, doch Lousenne flüstert, als ich mich an ihr vorbei dränge, Montis Namen in mein Ohr. Jetzt ist sie völlig durchgedreht, denke ich bei mir. Kann sie nicht einmal mehr Monti und meine Wenigkeit auseinanderhalten?

Der Flur in Kumars Wohnung wird nur durch die Lichter der sich anschließenden Zimmer erhellt. Auch übertönen die Gespräche der Leute die Musik, welche weiter hinten aus der Wohnung hervorquillt und nur noch als undefinierbares Rauschen zu hören ist. So unauffällig wie möglich versuche ich mir durch die in Gruppen zusammenstehenden Menschen einen Weg zu bahnen, doch auf einmal schlägt mir jemand von hinten mit voller Wucht auf den Rücken und brüllt schon wieder Montis Namen. Als ich mich erschrocken umdrehe, scheint der Übeltäter, der mich genau wie Lousenne mit Monti verwechselt, von den Leuten auf den Flur verschluckt worden zu sein, und nachdenklich setze ich mich in eine dunkle Ecke und beobachte eine Weile das Treiben vor mir. Besucher kommen und gehen und mir fällt auf, dass es Mode geworden ist, sich gegenseitig zur Begrüßung abzuknutschen. Gelegentlich werden sogar von Leuten, die sich anscheinend überhaupt nicht kennen, bis zu vier Küsschen auf den Wangen platziert. Alle sind in super Stimmung und freuen sich wer weiß worüber, und angeekelt von so viel Heuchelei erhebe ich mich und starte einen Streifzug durch Kumars Wohnung. Weit komme ich nicht. Nach einer kurzen Weile finde ich Monti auf der Toilette, deren Tür er nicht einmal abgesperrt, sondern nur angelehnt hat. In einer Arschruhe verteilt er gerade ein ziemliches Häufchen C auf den Fliesen des Badfußbodens und ich frage mich, wer ihm mit Lippenstift das Herz auf die Wange gemalt hat. Ich befürchte, nur er selbst kommt dafür in Frage und als ich die Tür schließe, blickt er auf und sein Lächeln entblößt seine kleinen spitzen Zähne. Ich setze mich im Schneidersitz zu ihm auf den Boden und mustere das C. Es sieht gut aus, was Monti da hat, und das muntert mich ein wenig auf, denn so muss ich nicht Kumar nach Stoff anquatschen. Wie in Trance starre ich auf Montis Hände, die aus dem Häufchen aus Kristallen zwei gleich große Lines zaubern. Wie oft habe ich dieses Bild schon vor mir gehabt? Ich stelle mir diese Frage heute zum ersten Mal. Vielleicht, weil das Jahr sich dem Ende zuneigt oder ich sowieso in den letzten Tagen ziemlich durch den Wind bin. Wir ziehen beide die Lines vom Boden, und Monti steckt nach getaner Arbeit die Chipkarte seiner Krankenkasse und den Geldschein zurück in seine Hosentasche.

Wir verlassen das Bad. Monti will einen Blick in die Küche werfen, um zu sehen, wer da so rumhängt, aber ich begebe mich durch die offene Tür in das tapetenlose Zimmer, das Kumar gelegentlich zum Abhängen benutzt, um mich vielleicht mit ihm zu versöhnen. Die letzten Wochen waren hart und einsam, auch habe ich das Gefühl, dass meine Frontzähne sich allmählich vom Oberkiefer lösen, das wird vom C herrühren, aber ich kann mir natürlich auch alles einbilden.

Als ich in das Zimmer trete, schießt Kumar vom Ende des Raumes auf einem Sessel mit Rollen in einem Affentempo auf mich zu und beginnt, mir bereits während der kurzen Fahrt von seinem Traum zu erzählen, der ihm letzte Nacht gegen fünf Uhr seinen Schlaf raubte. Er tut so, als hätten wir uns gestern das letzte Mal gesehen und alles wäre okay und in Ordnung zwischen uns, doch dem ist nicht so. Kumar fährt fort, dass nicht nur der Inhalt des Traumes, sondern auch die Äste vor seinem Fenster der Grund für seine Unruhe gewesen seien. Bedingt durch das stürmische Wetter der letzten Tage schlagen sie nachts immer wieder gegen das Glas. Und während ich von Kumars Leichtigkeit, Dinge zu übergehen, ganz schön geschockt bin, bekomme ich auch die Einzelheiten seines Traumes nicht weiter mit, sondern erinnere mich jetzt daran, dass Asic mehrere Bücher über Traumdeutung besaß. Mindestens zehn hatte sie über ihrem Bett auf einem schlichten Bücherregal aufgereiht und nur das Buch, welches sie tagtäglich zu Rate zog, lag neben ihr auf dem Nachtschränkchen. Jetzt hätte ich dieses Buch gerne hier, denn ich würde es Kumar in die Hände drücken. Er wäre, so glaube ich, nicht gänzlich abgeneigt. Zurück in der Realität frage ich ihn jetzt, warum er allein in seinem Zimmer abhängt, obwohl es doch seine Party ist, und er sagt auf einmal, dass er es bereue, was in Tunesien passiert ist, und er eben mit Lousenne wieder einmal gestritten habe, die Gott weiß wo wieder rumhängt. Um mit diesem ganzen Scheiß klarzukommen, muss er erst einmal was ziehen, und er legt uns beiden eine Line. Wir ziehen die Lines reflexartig weg, ich wünsche ihm weiterhin viel Erfolg mit Lousenne und begebe mich erstmal wieder nach draußen ins Getümmel.

Ich beginne, die Leute zu beobachten und erstarre kurze Zeit später, denn nicht weit von mir entfernt steht Asic. Sie knutscht, mir ihren Rücken zugewandt, in einer anderen Ecke der Wohnung mit einem Typen, der eine Sonnenbrille trägt. Als ich sehe, wie die

Hand des Typen den Hintern von Asic genüsslich knetet, bekomme ich eine Erektion und gehe auf die Toilette. Dort beginne ich, wie ein Kaputter zu onanieren, so lange, bis meine Vorhaut eingerissen ist und blutet, und das holt mich irgendwie wieder runter und ich betätige die Spülung. Ich schmiere mir etwas Penatencreme aus dem Badschrank auf die Wunde, und als ich die Tür öffne und wieder auf den Flur hinaustrete, steht Asic mir direkt gegenüber. Sie lehnt mit dem Rücken an der Wand und hat ein Bein so angewinkelt, dass ich ihr Knie sehen kann, das von dem Stoff ihrer Strümpfe umhüllt wird und verdammt aufreizend aussieht. Anscheinend weiß Asic genau, was ich getrieben habe, denn sie blickt mir tief in die Augen und ich fühle mich ertappt und irgendwie ausgeliefert. Nach einigen Momenten des Zögerns fasse ich meinen ganzen Mut zusammen und gehe einen Schritt auf sie zu und frage sie, ob ich sie anfassen darf, und sie nickt. Asic tritt ganz nah an mich heran, so nah, dass sich unsere Geschlechtsteile berühren und ich fahre mit meiner linken Hand über ihren Oberschenkel. Ich versuche die Sekunden zu dehnen, in denen meine Finger über den Stoff ihres Kleides streichen. Wir küssen uns lange und gierig, bis jemand das Licht im Flur einschaltet, um es sofort danach wieder zu löschen. Anscheinend ein Versehen, doch reicht es aus, um uns beide unmittelbar auseinanderzureißen. Asic blickt mich schockiert an und ihre Finger tasten panisch nach ihren Lippen. Einen Augenblick lang sieht es so aus, als würde sie mir eine Ohrfeige verpassen, doch dann schüttelt sie nur den Kopf, dreht sich um und geht zurück zu dem Typen ins Wohnzimmer, der dort bestimmt eine Bong raucht und die Sonnenbrille noch immer auf der Nase trägt.

Verstört taumele ich aus der Wohnung ins Treppenhaus, dann renne ich die Stufen hinauf bis zum letzten Stock und setze mich vor die Tür des Dachbodens. Ich vergrabe mein Gesicht in den Händen und beginne, am ganzen Körper zu zittern. Stunden vergehen. Stunden, in denen ich höre, dass Leute zu der Party kommen und manche wieder gehen. Manchmal höre ich Lousennes schrilles Lachen und gelegentlich einen spitzen Schrei, Stimmen von Menschen, die ich nicht kenne. Irgendwann ist es ein wohl bekanntes Klacken von Absätzen, welches mich aufhorchen lässt, und dann die Stimme von Vivian einige Etagen unter mir. Nach der Geschichte mit Asic, dem Kuss, ihrer wiederholten Zurückweisung, dem wirklich absoluten Ende, möchte ich jetzt Vivian sehen, denn obwohl ich gestern Schluss gemacht habe, verspüre ich das starke Bedürfnis nach ihrer Nähe. Sie scheint mir die einzig Vertraute in meinem Leben.

Zurück in der Wohnung sitzen *Pandadöner* als Gruppe auf dem Teppich des Wohnzimmers. Einer von ihnen zupft auf einer Gitarre immer ein und dieselbe Tonabfolge, die anderen starren wie von Sinnen auf die Saiten, sonst ist keine Musik zu hören und niemand zu sehen. Nach einer Weile bemerkt mich der Gitarrist mit dem C und rempelt mit dem Ellenbogen den Bandkollegen zu seiner Rechten an. Die Gitarre verstummt und jetzt durchbohren mich alle vier mit ihren Augenpaaren, und langsam, jeder für sich, heben sie ihren rechten Arm. In einem Halbkreis sitzend zeigen sie jetzt mit dem Finger auf mich und beginnen leise zu flüstern. Entsetzt stolpere ich zurück in den Flur, taste mich an einem Kleiderständer vorbei, der mit Girlanden verziert ist, und falle auf meinem Weg in die Küche fast über Lousenne, die total besoffen auf dem Flur liegt. Ihr Kleid, das auch aus der Nähe betrachtet einem Kartoffelsack gleicht, ist so weit nach oben gerutscht, dass man ihre grobe Baumwollunterhose sehen kann. Lousenne schlummert mit einem seligen Lächeln auf dem Gesicht vor sich hin, und ich steige über sie hinweg, um in der

Küche nach Vivian zu schauen. Dort angelangt bleibe ich wie vom Blitz getroffen stehen. Ich muss dagegen ankämpfen, mich zu übergeben, denn das Bild, welches sich mir dort eröffnet, scheint aus der Luft gegriffen, unreal und nicht von dieser Welt. Im gleichen Moment spüre ich aber, dass es wahr ist und dass alles, was jetzt folgt, ein Austrocknen der letzten Oasen im Leben sein wird. Ich spüre, dass meine Augen wirklich sehen, was passiert. Genau jetzt, in diesem Augenblick. Und nicht Eifersucht, verletztes Ego oder Enttäuschung wären Worte, die ich wählen würde, um das Gefühl, das ich gerade empfinde, zu beschreiben. Fassungslosigkeit und Ekel überkommen mich, als ich Monti und Vivian fest umschlungen vor mir in der Küche stehen sehe. In sich versunken bemerken sie nichts von meiner Anwesenheit und deshalb ziehe ich mich, mehr als bestürzt, zurück in das Dunkel des Flurs und presse mich schweratmend an die Wand. Kalter Schweiß läuft in Strömen meinen Körper hinunter, und es geht mir auch dann nicht wirklich besser, als ich bemerke, dass Kumar neben mir an der Wand lehnt und eine Zigarette raucht. Instinktiv packe ich ihn am Arm und flüstere ihm völlig aufgelöst zu, was ich in der Küche gesehen habe. Kumar erwidert nichts, sondern zieht mich weiter in das Dunkel des Flurs. Noch immer meine Hände in seinen Arm verkrallt, bleiben wir unter der Garderobe stehen und Kumar zischt, ob ich nicht mehr ganz dicht sei. Ich lasse von ihm ab, rutsche fast zusammen und lehne mich an die kalte Wand.

Die Tür des Wohnzimmers ist geschlossen, auch Lousenne ist vom Boden verschwunden, als Kumar sich auf einmal vor mir aufbaut und mir fest in die Augen blickt. Er legt seine Hände auf meine Schultern, und ich spüre eine beruhigende Wärme durch meinen Rücken strömen. Erschöpft schließe ich die Augen und höre Kumar zu, wie er aus weiter Entfernung zu mir sagt, dass es ihm leid tue und dass es schade um mich sei. Bei jedem anderen wäre es ihm egal gewesen, doch ich hätte nie wirklich hierher gepasst. Jetzt mache er sich schwere Vorwürfe, dass alles so enden muss. Nie habe er gedacht, dass es einmal so schlimm um mich stehen würde, und aus seinen Worten beginne ich allmählich wirkliche Traurigkeit zu hören. Ich öffne meine Augen. Anscheinend ist Kumar überhaupt nicht an den Geschehnissen in der Küche interessiert, und ich bekomme das Gefühl, als glaube er mir kein Wort. Dies verstärkt sich, als er mir jetzt mit einer für ihn ungewohnt festen Stimme sagt, dass mein Gequatsche über Monti ihm langsam echt zum Hals heraus hinge. Ich sollte lieber mal beginnen, mir bewusst zu werden, was die Leute so über mich denken. Kumar nimmt seine Hände von meinen Schultern und geht einen Schritt zurück. Er meint, dass es anfangs ja noch ganz lustig gewesen sei und wenn er es sich jetzt recht überlege, wisse er gar nicht mehr, wann ich mit dem Scheiß eigentlich angefangen habe. Doch in den letzten Monaten sei ich echt unerträglich geworden. Ich sei ihm und allen anderen mit diesen Spinnereien dermaßen auf den Keks gegangen, dass einige seiner Kumpels schon ernsthaft überlegt hätten, mir eine reinzuziehen. In Tunesien hingegen sei ich ja relativ normal gewesen, vielleicht sollte ich wirklich mit dem C aufhören, empfiehlt er mir jetzt, und das mit Vivian verstehe er im Übrigen jetzt auch nicht ganz. Er dachte, wir wären auseinander, doch vorhin in der Küche sah das alles ganz anders aus. Von wegen dieser Monti würde mit Vivian in der Küche rumknutschen. Asic sei eben meine große Liebe gewesen und anscheinend werde ich bis heute nicht damit fertig, dass sie mich verlassen hat. Warum und wann dieser Monti in meinem wirren Gedankenkonstrukten geboren wurde, wisse er nicht. Er sei schließlich kein Seelenklempner. Ich sollte mich einfach mal ein bisschen zusammenreißen und aufhören, so viel Scheiß zu labern, oder mal wirklich professionelle Hilfe in Anspruch nehmen. Das Ganze würde allmählich lächerlich, und jetzt Schluss damit.

Kumar schnippt seine Zigarette in das schwarze Loch, welches mich umgibt, und bläst den Rauch des letzten Zuges aus seinen Lungen. Er teilt mir mit, dass er jetzt zu *Pandadöner* ins Wohnzimmer gehen werde, um sich mit den Jungs um Lousenne zu kümmern. Als er die Tür direkt neben ihm einen Spalt breit öffnet, bietet dieser genug Sicht in das Zentrum des dahinter hell erleuchteten Wohnzimmers. Dort liegt nackt Lousenne, umringt von den Bandmitgliedern auf dem langen dunklen Holztisch und versucht gerade zwei Schwänze gleichzeitig in ihren Mund zu stopfen. Ihr nackter Körper spiegelt sich im Glas des Aquariums, welches unbeleuchtet an der Wand steht, und als sich nun Kumars Silhouette vor diese Szene schiebt, läuft unverhofft Vivian an mir vorbei. Sie bleibt kurz stehen, dreht sich um, kommt zurück und drückt mir einen Kuss auf die Stirn. Dann flüstert sie mir ins Ohr, dass sie mich immer geliebt habe, geht dann weiter und verschwindet. Ich blicke zu Kumar, der bereits zur Hälfte in den Raum zu Lousenne übergetreten ist und von der dortigen Deckenbeleuchtung wie ein Heiliger von oben matt beschienen wird. Er ist im Begriff, die Tür wieder zu schließen, doch bevor er dies tut, schaut er mich noch einmal an und tippt sich mit dem Zeigefinger an die Stirn. Er flüstert so laut, dass ich es hören kann, *Monti,* doch dann hält er auf einmal inne, sein Arm sinkt hinunter und er blickt wie vorhin nur noch zu Boden. Die Tür fällt ins Schloss und Dunkelheit legt sich wie eine schwere Decke über den gesamten Flur.

Kumar mag Recht haben, vielleicht ergeben seine Ausführungen für manche einen gewissen Sinn, aber ich sehe Monti. Auch jetzt, wo der Flur finster ist, sehe ich Monti. Er lehnt hinten in der Ecke, am anderen Ende des Flures und hat uns beobachtet, die gesamte Zeit. Eine schwach illuminierende Aura umgibt seinen Körper, ein heller blauer Schein, den ich noch nie vorher wahrgenommen habe. Wie ein glimmender Teppich klebt dieses sanfte Licht an ihm, ist in ständiger Bewegung und scheint zu leben. Langsam kommt Monti jetzt auf mich zu und abertausende blaue Flämmchen auf seiner Haut werfen zuckende Schatten an die Wände des Flurs, welche sich sofort wieder verlieren, sobald er ein weiteres Stück seines Weges zu mir abgeschritten hat. Ich spüre, wie meine Lippen zittern, als er dann vor mir steht, zu Boden schaut und in seiner Hosentasche kramt. Kein Wort verlässt meinen Mund, und keine Regung berührt meinen Körper. Ich funktioniere, als sich meine Beine in Bewegung setzen, um Monti aus Kumars Wohnung hinaus in die Nacht zu folgen.

Ich liege in Montis Wohnung auf dem Boden, es ist stockduster und ich erkenne nur mit Mühe Montis Kontur, der vor mir auf der Fensterbank hockt. Keine Sterne sind über der Stadt zu sehen, und wenn Monti an seiner Zigarette zieht, erhellt die Glut für einen kurzen Augenblick sein Gesicht. Nase und Augen sehen dann aus wie schwarze Löcher, aufgemalt auf seine Haut, welche noch immer von der glimmenden Aura umschienen wird, die jedoch von Minute zu Minute schwächer wird. Mir ist unheimlich zumute und furchtbar kalt. Ich setze mich auf, stiere auf den schwarzen Teppich und verweile ewig in dieser Position. Erinnerungen an gemeinsame Erlebnisse fluten durch mein Bewusstsein. Greifbar, klar und absolut real. Szenen zwischen Tür und Angel, Vergleiche und Bewertungen. Die Tage und leeren Jahre, all die unendlichen Minuten, das Warten auf ein Sterben, ein Gefühl wie lieben und unendlich einsam sein. All das Gefühlte, tief versunken. Verlieren, aber nicht vergessen können. Alles ist erdacht und das Furchtbare ist, dass ich es immer wusste.

In die Stille des Raumes hinein sage ich jetzt leise zu Monti, dass ich spüre, unsere Zeit sei gekommen, und meine Worte hallen von den Wänden wider. Danach ist wieder alles still, und eine unheimliche Leere breitet sich immer schneller in der Wohnung aus. Auf der Fensterbank erlischt jetzt gänzlich der bläuliche Schein auf Montis Körper und seine Konturen verwischen immer mehr, bis er fast ganz verschwunden ist. Zurück bleibt für einen kurzen Moment ein winziger geballter Punkt aus weißem Licht, Tränen rinnen mir über die Wangen, dann bin ich ganz allein. Eine nie zuvor gefühlte schwere Einsamkeit erfasst mich, ich erhebe mich und taste mich zur Wohnungstür. Auf dem Flur glotzen mich Wasserflecken von den Wänden an, als ich die nackte Glühbirne anknipse. Nachdem ich mir die Schuhe angezogen habe und die Tür zum Treppenhaus öffne, ist mir nochmal, als rufe Montis Stimme aus seinem Zimmer meinen Namen. Und ich verharre und frage nach ihm, hinein in die

Stille und Dunkelheit des Zimmers, doch alles bleibt stumm und leer. Ich drücke mich aus der Wohnung, lasse das Licht im Flur brennen, renne die Treppen hinab und trete auf die Straße. Orangefarbene Zelte aus Licht erhellen die Nacht, und als ich instinktiv nach oben zu Montis Wohnung blicke, bemerke ich wieder seine Silhouette, die hinter der Fensterscheibe sitzt und nach unten zu mir auf die Straße blickt. Ich hebe meinen rechten Arm, spreize die Finger meiner Hand auseinander und blicke hinauf zu meinem Freund. Sie haben dir übel mitgespielt, Monti. Jetzt bin ich wirklich ganz allein. Allein auf dem Weg durch einen Tunnel, auf einem Weg, den man mit niemandem teilen kann.

Die letzte Tram, welche sich schwerfällig durch die nächtlichen Nebelbänke drückt, rollt bedrohlich auf mich zu, und ich erblicke in ihr lebendige Tote. Mit aufgesperrten Mündern und schwarzen Augenhöhlen pressen sie ihre Stirn an die Scheiben und starren hinaus in die eiskalte Nacht. Ich verschließe voller Furcht meine Augen, doch als nichts geschieht und ich den Mut finde, sie wieder zu öffnen, steigt gelber Rauch aus einem Gullydeckel vor mir auf der Straße. Die Tram ist fast leer, nur der Fahrer sitzt gelangweilt vorne im Triebwagen, im mittleren Wagen glotzt mich ein Penner mit fettig zurückgekämmten Haaren an. Ich eile zum letzten Wagen und springe hinein. Die Bahn fährt ruckend an und ich klammere mich an den grauen Angstgriff, welcher in Bauchnabelhöhe unter der Heckscheibe angebracht ist. Die Straßen fliegen immer schneller unter mir entlang und Häuserfassaden schießen hinauf in den sternenklaren Himmel. Die Stadt verhärtet und berührt. Sekunden fallen und rückwärts strömt die Zeit. Auf den Gehsteigen winken mir Kinder zum Abschied lächelnd zu, um kurz darauf von einem Strom verschluckt zu werden, der allmählich die gesamte Stadt überflutet. Mein Blick fällt auf einen sich rasend schnell nach unten schraubenden Strudel, inmitten dieses Meeres aus einer für mich erkennbar schillernden Hoffnung. Mein Kopf prallt gegen die Kunststoffscheibe der Tram, aber ich empfinde keine Schmerzen, sondern stehe nur da und lasse los. Dieser Strudel ist mein Leben.

•

Impressum

KLAK
VERLAG für gute Bücher

www.klak-verlag.de

2. Auflage 2016

Lektorat: Dorothea Kenneweg
Umschlag/Satz: rainGroup-Agentur.com Ingo Markert
Druck: BookPress, Olsztyn
ISBN: 978-3-943767-23-0
ISBN E-book: 978-3-943767-24-7